共和国故事

科学新生

——中国科学院成立

王金锋 编写

吉林出版集团股份有限公司

图书在版编目（CIP）数据

科学新生：中国科学院成立/王金锋编. —

长春：吉林出版集团股份有限公司，2009.12

（共和国故事）

ISBN 978-7-5463-1724-3

Ⅰ．①科… Ⅱ．①王… Ⅲ．①纪实文学－中国－当代 Ⅳ．①I25

中国版本图书馆 CIP 数据核字（2009）第 237301 号

科学新生——中国科学院成立

KEXUE XINSHENG　　ZHONGGUO KEXUEYUAN CHENGLI

编写　王金锋

责任编辑　祖航　李娇

出版发行　吉林出版集团股份有限公司

印刷　三河市嵩川印刷有限公司

版次　2010 年 1 月第 1 版　　2022 年 1 月第 10 次印刷

开本　710mm×1000mm　1/16　　印张　8　字数　69 千

书号　ISBN 978-7-5463-1724-3　　定价　29.80 元

社址　吉林省长春市福祉大路 5788 号

电话　0431－81629968

电子邮箱　tuzi8818@126.com

版权所有　翻印必究

如有印装质量问题，请寄本社退换

前　言

自 1949 年 10 月 1 日中华人民共和国成立至今,新中国已走过了 60 年的风雨历程。历史是一面镜子,我们可以从多视角、多侧面对其进行解读。然而有一点是可以肯定的,那就是,半个多世纪以来,在中国共产党的领导下,中国的政治、经济、军事、外交、文化、教育、科技、社会、民生等领域,都发生了深刻的变化,中国人民站起来了,中华民族已屹立于世界民族之林。

60 年是短暂的,但这 60 年带给中国的却是极不平凡的。60 年的神州大地经历了沧桑巨变。从开国大典到 60 年国庆盛典,从经济战线上的三大战役到经济总量居世界第三位,从对农业、手工业、资本主义工商业的三大改造到社会主义市场经济体制的基本确立,从宜将剩勇追穷寇到建立了强大的国防军,从废除一切不平等条约到独立自主的和平外交政策,从“双百”方针到体制改革后的文化事业欣欣向荣,从扫除文盲到实施科教兴国战略建设新型国家,从翻身解放到实现小康社会,凡此种种,中国人民在每个领域无不留下发展的足迹,写就不朽的诗篇。

60 年的时间在历史的长河中可谓沧海一粟。其间究竟发生了些什么,怎样发生的,过程怎样,结果如何,却非人人都清楚知道的。对此,亲身经历者或可鲜活如昨,但对后来者来说却可能只是一个概念,对某段历史的记忆影像或不存在,或是模糊的。基于此,为了让年轻人,特别是青少年永远铭记共和国这段不朽的历史,我们推出了这套《共和国故事》。

《共和国故事》虽为故事,但却与戏说无关,我们不过是想借助通俗、富于感染力的文字记录这段历史。在丛书的谋篇布局上,我们尽量选取各个时代具有代表性或深具普遍意义的若干事件加以叙述,使其能反映共和国发展的全景和脉络。为了使题目的设置不至于因大而空,我们着眼于每一重大历史事件的缘起、过程、结局、时间、地点、人物等,抓住点滴和些许小事,力求通透。

历史是复杂的,事态的发展因素也是多方面的。由于叙述者的视角、文化构成不同,对事件的认知或有不足,但这不会影响我们对整个历史事件的判断和思考,至于它能否清晰地表达出我们编辑这套书的本意,那只能交给读者去评判了。

这套丛书可谓是一部书写红色记忆的读物,它对于了解共和国的历史、中国共产党的英明领导和中国人民的伟大实践都是不可或缺的。同时,这套丛书又是一套普及性读物,既针对重点阅读人群,也适宜在全民中推广。相信它必将在我国开展的全民阅读活动中发挥大的作用,成为装备中小学图书馆、农家书屋、社区书屋、机关及企事业单位职工图书室、连队图书室等的重点选择对象。

编　者
2010 年 1 月

目 录

一、中国科学院成立

● 郭沫若为上海"大众科学丛书"作序时，强调：科学在今天是我们的思维方式，也是我们的生活方式，是我们人类精神所发展到的最高阶段。

● 《共同纲领》草案第四十三条提出：设立科学院为国家最高的科学机关。

毛泽东宣布郭沫若为中科院院长

1949 年 10 月 19 日，在中南海勤政殿里，中央人民政府第三次会议在毛泽东的主持下召开。

这次会议主要讨论通过政务院及其所属各委员会，各部、院、署、行的负责人，同时任命人民革命军事委员会、最高人民法院、最高人民检察署和中央人民政府办公厅等机构的负责人。

中央人民政府的各组织机构至此全部建立起来。

在这次会议上，正式宣布政务院及其所属各委员会，各部、院、署、行的负责人。

毛泽东宣布：

郭沫若为中国科学院院长，李四光、陶孟和、竺可桢为副院长。

其实，郭沫若还同时担任许多行政职务。他是四位副总理之一，还兼任文化教育委员会主任。他还担任中华全国文学艺术界联合会主席、中国人民保卫世界和平委员会主席等职。

在毛泽东宣布郭沫若担任中国科学院院长时，他已年近花甲，但精力却十分充沛。他感到自己重新焕发了青春。

郭沫若，四川乐山人，原名郭开贞，笔名郭鼎堂，号尚武。笔名沫若，是因为他的家乡有两条河，分别叫"沫水"和"若水"。他很早就加入了中国共产党。郭沫若是著名的历史学家、考古学家、古文字学家，又是诗人、作家、剧作家、书法家，还是社会活动家。

其实，郭沫若被任命为中国科学院院长，是与他自己丰富的知识与政治觉悟密切相关的，同时还与他为中国的革命事业、文化事业作出过巨大贡献有很大关系。

早在 20 世纪 20 年代，郭沫若就提出了"要唤醒我们固有的文化精神，而吸吮西欧的纯粹科学的甘乳"。

20 世纪 30 年代，郭沫若翻译了英国著名学者威尔士的巨著《生命之科学》，该书涉及科学的综合化、大众化与文艺化的问题，认为科学的"综合化是以大众化为其目标，以文艺化为其手段的"。

20 世纪 40 年代，郭沫若为上海"大众科学丛书"作序时，强调：

> 科学在今天是我们的思维方式，也是我们的生活方式，是我们人类精神所发展到的最高阶段。

这是科学在最高层次上的综合，人文科学、社会科学与自然科学的全方位的综合。

"科学的中国化"与反对愚昧迷信、实行科学大众化紧密联系在一起。郭沫若分析中国落后的原因，认为"主要的就是由于科学不发达，一切不合理的累赘太多"。同时，他强调"不仅要使科学知识大众化，而且要使科学精神大众化"。如果真正做到这一点，愚昧迷信自然就无存身之地了！

"科学文艺化"是郭沫若科学思想中的特殊认识，他的整个学术生涯始终充满着科学思维与艺术思维的融通。

郭沫若建立认识中国青铜器的科学体系，就体现出形象思维与逻辑思维、艺术思维与科学思维的完美结合。他的历史剧创作，更是被当作"科学与艺术"结合的成果。

"科学的中国化"又是与政治的民主化紧密联系在一起的。关于科学与民主的关系，郭沫若已经说得很清楚：

要做到这一层，总要有政治的民主化为前提。

郭沫若以新兴科学的观点，把纸上材料与地下材料"熔冶于一炉"，确立了"中国古代文化体系"。他还推进甲骨学由草创迈向成熟，并预示着后来发展的基本趋势。他还提倡苏活古代文献生命，倡导古书今译。他系统考察了先秦社会与周秦诸子的思想，成为研究先秦学术思想的一家之言。他还研究了古典文学，并产生了巨大的社会效应，还以戏剧小舞台"再现"历史"大舞台"。

总之，郭沫若在许多领域都有过杰出的贡献，任命他担任中国科学院的院长，实现他的科学思想，可以说是再合适不过了。

还有，郭沫若很早就与中共中央重要领导有着密切的交往，他对共产主义非常向往。

早在 1926 年 4 月、5 月间，周恩来曾应邀到广东大学演讲，他与郭沫若初次见面。从此，郭沫若一直得到周恩来的关怀。

1938 年年初，在第二次国共合作的情况下，国民政府准备恢复第一次国共合作时成立的政治部，陈诚任部长，下设一厅、二厅、三厅，三厅管宣传工作。陈诚欲委任郭沫若为三厅厅长，但郭沫若推辞不受，他认为在国民党的支配下搞宣传，还不如在自由的地位说话更有效。

周恩来出面劝郭沫若接受职务，并说："有你做第三厅厅长，我才可考虑接受他们的副部长，不然那是毫无意义的。"

1940 年 11 月 1 日，国民政府军事委员会政治部文化工作委员会在重庆正式成立，郭沫若被任命为主任。因为这毕竟是块可用的招牌，可以团结进步文化人士，有利于抗战工作。

1945 年 8 月，抗日战争取得胜利，举国欢腾，但中国的前途仍是渺茫的。8月底，毛泽东赴重庆与蒋介石进行谈判，郭沫若专门到机场迎接毛泽东一行。

毛泽东与郭沫若两人相隔20年后再一次相见，显得格外亲切。9月初，两人又一次相聚，并开怀畅谈，毛泽东说："你写的《反正前后》，就像写我的生活一样。当时我所到的地方，所见到的那些情形，就是同你所写的一样。"

毛泽东返回延安时，郭沫若又到机场相送。

1948年11月，解放战争取得节节胜利，中共中央邀请各方面的爱国民主人士赴解放区，共商开国大计。郭沫若化名为丁汝常，乘"华中轮"秘密离开香港，同行的民主人士有30多人。12月初，"华中轮"到达如今辽宁丹东附近的石城岛，接着一行人又乘火车到达沈阳。

1949年1月，北平和平解放后，郭沫若一行又坐火车来到北平，受到热烈欢迎。

新中国的曙光已经露出地平线，郭沫若希望以更大的热情投入新中国的建设事业。

1949年9月，郭沫若参加全国政治协商会议，是无党派民主人士代表的召集人，被选为大会主席团成员。

10月1日，郭沫若跟随毛泽东登上天安门城楼，参加了开国大典，亲身见证了新中国成立的伟大时刻。他激情满怀，决心将自己的毕生心血贡献给新中国，建设伟大的祖国。

周恩来与李四光畅谈科学

1949年10月19日，在中南海勤政殿里，中央人民政府第三次会议在毛泽东主持下召开。

这次会议在宣布中国科学院的领导时，毛泽东宣布除了任命郭沫若为中国科学院院长外，还宣布李四光担任中国科学院副院长。

其实，李四光在中华人民共和国成立前就一直在原中央研究院工作了20年，这次应该算是重任旧职。

李四光，原名仲揆，湖北黄冈人。他是地质学家，曾留学日本、英国，后在北大任教。

在1949年以前，李四光长期担任原中央研究院地质研究所所长，后来就漂泊国外了。

1949年10月19日，尚在国外的李四光被任命为中国科学院副院长。

得知新中国成立的消息，更得知他被任命为中国科学院副院长时，他便于1950年1月毅然从英国动身回国。

李四光经过三个多月的辗转，经过香港，于1950年4月6日到达广州。

李四光在上海、南京分别做了几天的停留和休息，于5月6日到达北京。

这天北京的天亮得很早，整个清晨显得格外明朗，初升的太阳照亮了古老的北京城，整个北京城的琉璃瓦都显得金碧辉煌，映射出千万道五彩的霞光。

郭沫若还没来得及吃早饭，就到前门火车站去迎接李四光了。

前去北京前门火车站迎接李四光的有时任中央人民政府副主席的李济深，还有陶孟和、竺可桢、丁燮林、钱端升、钱昌照等人。

火车徐徐开进前门火车站，郭沫若一行早已按捺不住激动的心情，还没等火车停稳，就冲向列车门口，准备迎接李四光。

李四光早已等候在列车门口了，车门一开，李四光便和郭沫若紧紧地拥抱在一起。两人互致问候后，李四光又与李济深、陶孟和、竺可桢、丁燮林、钱端升、钱昌照等人一一握手问好。

然后，郭沫若陪送李四光到下榻的六国饭店。

当天晚上，郭沫若院长在六国饭店设宴招待李四光，为李四光接风洗尘。出席宴会的还有李济深、陆定一、胡乔木、华罗庚、谢家荣等人。席间新旧相识，共叙情怀，畅谈着如何为新中国贡献自己的一切。

12日的傍晚时分，天空还有一抹晚霞，工作在北京城的人们匆忙地走在下班回家的路上。

日理万机的周恩来却顾不上休息，他亲自来看望李四光。

知道周总理要来，李四光早早地站在门外迎接。一看到周总理的身影，李四光赶紧走上前来，四只手紧紧地握在了一起。

当时的李四光已到花甲之年，他看到周总理身负国家重任，精神风采却一如往昔，深深地为总理的热忱所感动，不禁热泪盈眶。他握住总理的手，长时间激动得说不出话来。

李四光与周恩来来到住处，他的心情稍稍平静下来，与总理进行了近三个小时的交谈。在这么长时间的谈话中，李四光谈到了当时在国外看到第二次世界大战后资本主义国家科学技术的变化与趋势，并表示自己仍想回地质研究所从事科研工作的意愿。

周恩来则谈到新中国当时迫切的需要，提出希望李四光能帮助党和政府团结广大的科技工作者，为新中国的文化科技、工农业建设出力，并协助郭沫若院长做好自然科学家的工作。

李四光被周恩来诚恳的谈话深深打动，他感到自己虽然年龄有点大了，但也应该像总理那样，老当益壮，为国为民。他感觉到头脑从未有过的清醒，而且全身充满了无穷的力量，他时刻准备为新中国的建设分担一份自己所应尽的责任。

愉快的谈话总是过得太快，三个小时不知不觉就过去了，两个人都感觉意犹未尽。但周恩来国务在身，时间已不允许他久留，最后两人只能依依道别。

晚上，李四光激动得一夜没能合眼，他仿佛看到了新中国科学的光明未来和中国科学院的辉煌前程。

其实在 5 年前，李四光和周恩来就曾在重庆会晤过。那是周恩来在重庆谈判期间，李四光曾与当时主持和国民党谈判的周恩来先后有过两次会见，并一起商讨过组织科学界参加民主活动的问题。在当时，李四光对周恩来与他坦诚相待，一见如故，留下了深刻的印象，他也向周恩来倾诉了自己的情怀。

八年全面抗战胜利后，李四光对蒋介石政府感到非常不满，他让地质研究所人员先后分批返回南京，并请被重庆大学借去任地质系主任的俞建章回所，代任所长的职务。而他却和夫人许淑彬在 1946 年夏乘船东下，在南京连船都没下，一直到了上海。在上海他又派他的学生孙殿卿找董必武联系，想去陕北解放区。

此时内战即将全面爆发，董必武建议他设法找地方暂避，以免受到战争的迫害。这年秋天，李四光夫妇去杭州养病，在那里居住了一段时间，直到 1948 年年初才回到上海。

后来，李四光又从上海乘船去英国，参加第十八届国际地质学会。在此期间，他被选为中央研究院院士。

李四光夫妇到英国后，当时在英国留学的女儿李林，已为他们在学校附近乡村租好房屋，让他们安心休养，李四光也正好在此准备论文。

8 月，李四光到伦敦出席国际地质学会，并在会上宣读了以《新华夏海之起源》为题的学术报告。在会后，李四光夫妇转到英国海滨的博恩默思疗养。在此期间，李四光十分关心国内局势，并在书店买了一本恩格斯著的《自然辩证法》细心研读。

12月，李四光从英国报纸上得知沈阳解放的消息，高兴得彻夜难眠，想尽快回到祖国的怀抱，以早日报效祖国。他开始积极做回国的准备，打算先去"二战"后的欧洲做最后一次旅行，然后从法国乘船回国。

1949年春，李四光办理了各种旅行手续，准备秋天动身回国。9月的一天，他突然接到一位友人的电话，告诉他，国民党政府驻英使馆已经知道了他被推选为新政协代表的消息，要求他声明否认。

李四光得到这个消息后，当即决定一个人连夜搭乘小轮船，先渡过海峡去法国。行前他给当时驻英大使留下一封信，表示绝不发表声明，并劝大使不要再为国民党政府效劳。

李四光和夫人商定两周后在瑞士巴塞尔会面。见面时，李四光夫人给他带来了一封国内的来信。这封信是周恩来嘱托郭沫若等人给他的信，由留英学生转来，表达了中国共产党对他早日回国的期盼，准备共商建设大计。

这封信给李四光旅途中增添了喜悦。随后，他携夫人一同去意大利，利用候船的时间在意大利各古迹遗址做了一次旅游。12月25日，他改从意大利热那亚搭乘开往香港的货轮回国。

回国不久，李四光就积极投身于中国科学院的建设，为中国科学的发展积极建言献策。

1950 年 6 月 14 日至 23 日，全国政协一届二次全会在北京召开，李四光参加了这次会议，并在大会上做了一次简短的发言，他说：

> 从我旅居英国的见闻和体会，可以说二次世界大战后，欧洲老牌资本主义国家陷入了困境，受到后起的美国的控制，是"大帝国主义要吃小帝国主义"。不甘心受控制又不得不受控制，这是英国想承认我国又怕得罪美国，想进入我国市场又不愿平等对待我国的原因。

李四光归国后，除了担任中国科学院副院长外，还担任地质部门和全国科协的领导职务。

李四光为中国科学院的建设付出了全部的精力，他为中国的科学事业，特别是地质事业作出了巨大贡献，他为新中国的科技事业奠定了坚实的基础。

陶孟和担当新的科学使命

中华人民共和国成立后，1949 年 10 月 19 日，陶孟和被中央人民政府任命为中国科学院副院长。

这是陶孟和在新的历史条件下肩负的新的使命。对于陶孟和的任命，与他自己的学术水平、政治态度以及对中国科学事业的贡献是分不开的。

陶孟和，原名履恭，著名社会学家。祖籍浙江绍兴，1887 年 11 月 5 日生于天津。曾在北京大学教书，青年时期的毛泽东曾听过他的谈话。

1919 年冬，在北京的新民学会会员 10 多人曾联合请陶孟和、胡适之先生各谈话一次，均在北大文科大楼。谈话形式为会员提出问题，请其答复，所谈多学术及人生观问题，那时毛泽东每次都参加，给青年时期的毛泽东留下了深刻的印象。

陶孟和曾为保留旧中国的图书馆和研究所作出了重大贡献。旧中国的图书馆和研究所的保留，为中国科学院的成立奠定了基础。

抗日战争胜利后，社会研究所从四川迁回南京。没过多久，全面内战爆发。1948 年，国民党政府面临崩溃，中央研究院各研究所先是奉令准备南迁，后来又被要求迁往台湾。

陶孟和冒着风险，正义凛然地发动社会舆论与之斗争。他的言论起到了揭露国民党政府阴谋和稳定人心的作用。当得知中央图书馆、北平图书馆的善本图书以及故宫博物院的珍藏文物都要被先后搬往台湾时，陶孟和非常不满，立即在 1949 年 3 月 6 日的《大公报》上发表了署名文章《搬回古物图书》。

对于这种搬迁，陶孟和说：

> 我们积极地反对，我们严厉地予以斥责。我们主张应该由政府尽速将它运回。

陶孟和所列举的"最根本的反对理由"是：

> 这些古物与图书绝不是属于任何个人，任何党派。
>
> 它们是属于国家的，属于整个民族的，属于一切人民的。

中央研究院当时在南京有地质所、气象所、数学所、物理所、天文所、历史语言所、社会所等。在这些所的所长中，出现了两派，一派以傅斯年为首，主张随国民党迁往台湾；一派以陶孟和为首，主张坚决不迁，留守南京，等待解放。

陶孟和想，即使不能阻止整个中央研究院南迁，至少也要把社会所和尽可能多的研究所保存下来。陶孟和那时患有心脏病，他不顾年老体弱，住在研究所办公室，照常主持所务，给所中工作人员以精神上的支持。

陶孟和当时还对大家说："朱家骅即中央研究院代院长，是我的学生，我可以顶他，他不会把我怎么样。"陶孟和极大地鼓舞了南京各研究所反搬迁的斗争，也对中央研究院的上海各所产生了重要的影响。

到 1949 年 4 月下旬南京解放时，中央研究院的多数研究所都留在了南京或上海。社会所的工作人员，个个坚守岗位，护院护所，没有一个人跟随国民党去台湾，所中财产，包括图书资料在内没有丝毫损失。

其实，陶孟和的任命，还与陈毅有一定关系呢！

1949 年 4 月 23 日，陶孟和以极为兴奋的心情迎接南京的解放。第二天，中国人民解放军第三野战军司令员陈毅身着灰布军服，带着一位警卫员，来到中央研究院社会研究所办公楼看望陶孟和。

由于陶孟和事先不知道，就穿着长袍到会客室相见，互道姓名以后，他才知道是陈老总。

陈毅早年在北平中法大学读书时，曾读过陶孟和发表的一些文章，受到了很大启发，给青年时的陈毅留下了深刻的印象。陈毅也了解陶孟和在中华人民共和国成立前夕经常在报纸上发表文章，抨击国民党政府。因此，在两个月后，陈毅向党中央力荐陶孟和出任中国科学院副院长。

陶孟和在建院之初时，兼任联络局局长。联络局承担国内外的科学联络工作。为了能进行广泛的国际学术交流，陶孟和关注搜集世界各国及各国际性学术机关团体，包括联合国教育科学及文化组织的资料。

陶孟和非常注意为赴苏联及东欧国家实习或考察人员选送科学书刊，以利进行国际交流。陶孟和的语言文字修养很高，英文、法文、日文、拉丁文他都精通。对于发往国外的重要文件，他都要仔细地审批才发出。他经常教导联络局工作人员，一封信该怎样表述恰当、一封电报该怎样用字简练等。

陶孟和对运词用字都十分考究，从不马虎。工作人员为了通过陶局长这一关，每次写信都要查几次词典，还要参考英文函牍范例，觉得没有纰漏了，才敢打印出来送他审批修改。经他批改过的函件，文字标准、语言流畅。可见陶孟和做人做事的严谨，由他出任中国科学院的副院长，自有其特殊的意义。

竺可桢喜迎科学的春天

在 1949 年 10 月 19 日的中央人民政府委员会第三次会议上，同时被宣布为中国科学院副院长的除了李四光、陶孟和外，还有竺可桢。

竺可桢，字藕舫，浙江绍兴人。生于 1890 年 3 月 7 日。竺可桢从青年时代就抱定"科学救国"的理想，一生倾注心血于科学教育、科学研究以及科学组织工作。

竺可桢早年曾留学美国，进入闻名世界的哈佛大学学习，并先后获得硕士、博士学位。竺可桢于 1918 年回国，在东南大学创办了我国第一个地学系。

1927 年国民政府定都南京，决定成立中央研究院，作为当时全国最高学术机构。竺可桢应蔡元培院长之邀，参与筹建观象台，负责气象组工作。

1928 年 2 月，竺可桢出任中央研究院气象研究所所长，在开创我国近代气象事业的艰苦道路上迈出了第一步，实现了他 10 年前归国时的梦想。

那是 1918 年，刚刚回国的竺可桢就期望独立自主开展我国的气象研究，一直到这时才总算得偿所愿。竺可桢亲自选定在北极阁建所，把中国的气象学研究和气象事业建设带入了第一个黄金时代。

1929 年 12 月，竺可桢在第五届中国气象学会年会上当选为该学会理事长，这是对竺可桢为推动我国气象事业发展作出杰出贡献的回报，他成为中国当时无可争辩的学术带头人。

1936 年 4 月，竺可桢调任国立浙江大学校长，直到 1949 年 4 月离开学校，他度过了历时 13 年充满艰辛而又成效卓著的校长生涯。

1945 年 8 月，抗日战争取得胜利后，由于蒋介石挑起内战，全国各个大学为争取民主、自由的斗争风起云涌。

1947 年 10 月，浙江大学爆发了学生于子三被捕且被杀害在监狱里的悲剧。这个事实使竺可桢认清了国民党政府的真实面目，同时他对国民党政府支持教育、科学事业的幻想也彻底破灭了。

竺可桢根据"只问是非，不计利害"的行动准则，毅然站在学生一边，谴责当局迫害学生的法西斯暴行。

在当时的政治形势下，竺可桢感到要继续办好学校已不可能，安心从事科学研究也没有条件。

在人民解放军隆隆的炮火声中，竺可桢决定向当时的政府辞去校长职务。从此，他离开了潜心操劳 13 年之久的浙江大学，去迎接新中国的黎明。

竺可桢于 1949 年 4 月离开杭州赴上海后，迎来了上海的解放。他在 6 月和 7 月几次听到了周恩来、陈毅的讲话，不但领略到中国共产党的政治主张，更体会到党对科学技术事业的重视和对中国知识分子寄予的厚望。

竺可桢在上海解放后第三天的日记中曾写道：

> 解放军之来，人民如大旱之望云霓，希望
> 能苦干到底，不要如国民党之腐败。科学对于
> 建设极为重要，希望共产党能重视之。

这一段话，充分表现了竺可桢对中国共产党的基本政治态度和一个科学家的责任心。

1949年7月，竺可桢到北京参加全国自然科学工作者代表会议筹备会。会后，他率队到东北参观，所见所闻，更使他信心倍增。他决心在中国共产党的领导下，为新中国的科学事业贡献自己的力量。

1949年，竺可桢被任命为中国科学院副院长后，按照当时中国科学院领导班子的组成情况，自然科学方面的实际责任按专业分工，比较多的工作就自然落在竺可桢的肩上了。

在以后的工作中，竺可桢参与领导中国科学院和全国的科学研究工作，尤其是开辟了自然资源综合考察事业。他始终从科学的视角关注着中国的人口、资源、环境等问题，为中国科学院的长足发展奠定了深远而稳定的基础。

钱三强参与筹建中科院

1949 年 6 月，中国科学院筹备工作正式启动。著名科学家钱三强受中共中央委托，协助陆定一进行工作。

钱三强是一位很早就与党组织有过密切接触并深受影响的进步科学家。他对筹建中国科学院、发展新中国的科学事业无比热忱，并倾注了全部心血。

钱三强，1913 年 10 月 16 日生于浙江绍兴，原籍浙江湖州。他的父亲是北京大学国文系教授钱玄同。

钱三强青年时期就有"工业救国"的思想，又先后在北大、清华学习科学。

后来钱三强留学法国，师从巴黎大学镭学研究所的伊莱娜·居里和主持法兰西学院核化学实验室的弗莱德里克·约里奥·居里，即著名的居里夫妇。

钱三强又受到中国共产党旅法支部和老师——法共产党员约里奥·居里的影响，树立了强烈的民主意识和正义感，对祖国的命运与前途非常关心。

随着新中国的成立，钱三强毅然放弃了个人的发展机遇，决定回国，为改变国家的落后面貌服务。

钱三强的回国决定，得到约里奥·居里夫妇和旅法支部的支持。1948 年 4 月 26 日，约里奥·居里夫妇为他写了工作和品格的评语，其中写道：

钱先生与我们共事期间，证实了他那些早已显露了的研究人员的特殊品格，他的著述目录已经很长，其中有些具有头等的重要性。他对科学事业满腔热忱，并且聪慧有创见。我们可以毫不夸张地说，在那些到我们实验室来并由我们指导工作的同一代科学家当中，他最为优异。

　　1948 年夏，钱三强与何泽慧携刚满半岁的大女儿回国。在南京，他毅然拒绝南京当局的挽留，坚持到了北平。

　　在北平，钱三强接受了清华大学理学院院长叶企孙和教务长周培源的邀请，担任清华大学物理系教授。同时，他与何泽慧积极组建北平研究院原子学研究所，并兼任所长。

　　1948 年冬，南京当局策划要钱三强乘飞机去南方，遭到了他的坚决拒绝。钱三强遵照旅法支部领导人的意见，坚持留在北平，迎接新中国的诞生。

　　在此后的几十年中，钱三强的经历与中国科学院有着密切关系。他为中国科学院的组织建设、核科学的发展献出了毕生心血。

　　1949 年 5 月，钱三强当选为自然科学工作者代表大会筹备委员会常务委员后，他和其他委员一起拟定了关于设立国家科学院的提案，准备提交 9 月举行的第一届全国政治协商会议审议。提案明确建议：

> 设立国家科学院，统筹领导全国自然科学和社会科学的研究事业，使生产及科学教育密切配合。科学院并负责审议及奖励全国科学创作、著作及发明。科学院为适应特种需要，得设立各种研究机构。此种研究机构发展至相当阶段时，为与生产取得进一步之配合，得成立独立机构。

9 月中旬，钱三强和丁瓒共同起草了《建立人民科学院草案》。钱三强写了其中的研究所部分。

中国科学院成立后，竺可桢和钱三强领导计划局的工作。钱三强先任副局长，1951 年 12 月起任局长。

钱三强是一位优秀的组织工作者，在精神、科学与技术方面，他具备研究机构领导者所应具有的各种品德。中国科学院的建立与发展，钱三强可谓是倾尽心血，极大地推动了中国科学院和新中国各项科学事业的发展。

毛泽东颁发中科院印信

1949 年 10 月 30 日，毛泽东签署政府令，正式向中国科学院首任院长郭沫若颁发中国科学院印信。

11 月 1 日，根据《中央人民政府组织法》第十八条规定，按照中共中央的统一部署，中国科学院正式成立并开始办公。历史学家、考古学家、文学家郭沫若正式出任首任院长。

根据中华全国自然科学工作者代表大会筹备会向政务院提交并被批准的"建立人民科学院草案"，中国科学院下设计划局、编译局、联络局等单位。并将原华北大学研究部、水生生物调查所、前北平研究院研究所、前中央研究院研究所、前中国地理研究所等单位，调整合并为地理学、物理学、化学、生物学、社会科学等 5 个方面。

每个研究所下设若干个研究室，由研究员、副研究员主持研究工作，同时聘任有学术造诣的各学科专门委员 161 人进行指导。

其实，在 1949 年 3 月下旬，中共中央进驻北平时，在解放战争即将取得全国胜利的时候，中央就考虑在新中国成立后建立统一的科学院作为全国最高科学机构，并由郭沫若负责。

在 6 月中旬，中央决定由宣传部部长陆定一负责筹备建立科学院，由时任华北大学工学院副院长的恽子强和时任中共南方局系统党员的丁瓒协助陆定一筹备建立科学院的工作。决定由时任北平研究院原子学研究所所长的钱三强和时任中央研究院植物研究所助理研究员的黄宗甄参与其事。

7 月 13 日，中华全国自然科学工作者代表会议筹备会议在北京召开。在这次会上，周恩来宣布：

不久的将来必须成立为人民所有的科学院。

周恩来还号召科学工作者参加科学院的筹划工作。为此，筹委会的计划委员会经过多次讨论，准备了向全国政协会议的提案，建议设立国家科学院，统筹并领导全国自然科学与社会科学的研究事业，使科学、教育与生产密切配合。

这个提案表达了中国科学界对建立科学院的殷切期望。

在中国人民政治协商会议第一次全体会议召开前，9 月 4 日，新政协筹备会常委会就将《中国人民政治协商会议共同纲领》和《中华人民共和国中央人民政府组织法》两个文件草案初稿印发。

新政协、筹备会还邀请先期到达北平参加会议的各界代表讨论。其中《共同纲领》草案第四十三条就提出：

设立科学院为国家最高的科学机关。

《中央人民政府组织法》草案还把科学院列为组成政务院的政府部门之一。

9 月中旬，遵照陆定一的指示，钱三强和丁瓒共同起草《建立人民科学院草案》（以下简称《草案》）。

丁瓒与钱三强进行了分工，由丁瓒写院部任务与组织机构部分，由钱三强写研究所部分。

丁瓒与钱三强在写作之前，他们事先听取了科学界人士的意见。

许多科学家认为：

> 过去两大国立研究机关，中央研究院和北平研究院各自为政，设置的研究所重床叠屋。两院只把目光局限在自己的研究所上，从未发挥计划与领导全国科学研究工作的作用。科学研究漫无计划。与大学和其他科学研究机构缺乏密切的联系合作。

科学界人士又认为，尽管原中央研究院和北平研究院有以上诸种缺点，但两院毕竟有以往 20 年的经验积累，在人才、图书、设备和研究工作等方面，都已经具备了一定的规模。

中国科学院成立

出于以上原因，新的科学院应在原有国家科学研究机构的基础上加以整理改组，这既可以大大缩短中国科学院的建院历程，同时还能够快速有效地集中大量的科学家，从而达到广泛团结科学人才的目的。

同时，针对原中央研究院和北平研究院只把目光局限在自己的研究所上，而从来没有发挥出计划与领导全国科学研究工作的作用，也没有能够与大学和其他科学研究机构进行密切合作，从而不能将科学很好地用于人民、用于实践的情况，《草案》将科学院拟名为"人民科学院"，从而纠正原中央研究院和北平研究院"为科学而科学"的偏向，强调"科学为人民服务"。

人民科学院的基本任务，是有计划利用近代科学成就以服务于工业、农业和国防建设，组织并指导全国的科学研究，提高科学水平。

《草案》提出了人民科学院的组织系统，并做了详细的说明。

关于研究所的设置，《草案》提出暂时就原中央研究院和北平研究院的机构进行调整和改组，并对两院的20个研究所做了扼要分析，提出了具体的合并调整意见。

该《草案》勾画了科学院的基本框架，为科学院的筹建工作打下了良好的基础。

9月27日，中国人民政治协商会议第一届全体会议一致通过《中华人民共和国中央人民政府组织法》。

据此，在政务院之下设立中国科学院，行使管理全国科学研究事业的政府行政职能。

中国科学院与文化部、教育部、卫生部和出版总署等政府部门同受政务院文化教育委员会的指导。

同时，科学院又有别于政府其他各部，它直接领导若干研究所，而不在各省、直辖市、自治区设置相应的地方分支管理机构，有其特殊的性质。

中科院正式挂牌成立

　　1949年11月1日，北京的天气已经很冷，但那天却是阳光明媚，使人觉得吹在脸上的寒风也不那么难受了。这一天，中国科学院正式成立了。

　　中国科学院的诞生日还有一定的来历，事情还得从头说起。

　　中国科学院刚刚建立时，连自己的办公室都没有，院领导们开会都是在自己下榻的北京饭店进行。中国科学院历史上最初的办公会议，如郭沫若于10月22日主持讨论科学院的组织问题，10月23日竺可桢主持讨论接管工作问题，都是在北京饭店举行的。当时有人戏称，一下床头就上案头，"方便、高效得很嘛！"

　　但是，总是寄居在饭店里，连个开会的地方都没有，肯定不是长远之计。

　　在《建立人民科学院草案》中，有办公厅的设置，可是这个部门却只有办公，没有办公室。为此，中国科学院的相关负责人找到时任华北大学校长的吴玉章，华北大学就是现今的中国人民大学，请求吴玉章提供帮助。

　　1949年7月，中华全国自然科学工作者代表大会筹备会议召开，这次大会简称"科代筹备会"。

　　在"科代筹备会"第一次正式会议上，吴玉章当选为常务委员会的主任委员，而他的秘书汪志华，一边是他的秘书，一边又在参与科学院办公厅的工作。

吴玉章答应并建议渡过困难期后，中国科学院可以到风景秀丽的颐和园附近寻找办公地点。"科代筹备会"的办公地点就选在马大人胡同 10 号。

10 月 26 日，严济慈、恽子强、丁瓒、汪志华和黄宗甄等科学院办公厅的一班人马，开始在马大人胡同办公。

11 月 2 日，郭沫若院长向中央人民政府呈报启用印信，并由正副院长联名发出通函，函称：

中国科学院于 11 月 1 日暂在东四马大人胡同 10 号开始办公，电话 4·1207。

这也是后来将 11 月 1 日认定为中国科学院成立纪念日或院庆日的由来。

中国科学院的住址后来又有过变动。11 月 23 日迁入王府大街 9 号；1950 年 6 月 23 日又迁至文津街 3 号静生生物调查所原址。

中国科学院的成立，使新中国的科学技术事业从此进入了一个崭新的历史发展时期。从此，中国的科学事业在新的起点上开始了自己的征程，这预示着新中国将以崭新的面貌屹立于世界的东方。

二、 制定科学新政策

● 李四光经过综合的考虑，并会同有关各方共同协商，提出了成立"一会、二所、一局"的方案。

● 中国科学院院长郭沫若说："我们应该尊重科学，尊重科学研究，尊重科学研究家。"

● 竺可桢在日记中写道："从这次规划的讨论，大家切磋琢磨，相得益彰。吴副院长始终其事。"

确立中科院的工作方针

1950年6月中旬，就确立中国科学院的工作方针和任务问题，中国科学院领导开始了集体讨论。

钱三强等参与讨论了这个问题，最后写出提案，上报中央，并得到了中央批准，从而最终确立了中国科学院的总方针：

> 发展科学的思想以肃清落后的和反动的思想，培养健全的科学人才和国家建设人才，力求学术研究与实际需要的密切配合，使科学能够真正服务于国家的工业、农业、国防建设、保健和人民的文化生活。

郭沫若以政务院副总理兼文化教育委员会主任的自由身份，发布了一个关于中科院的指示。

郭沫若在指示中明确将"确定科学研究方向，培养与合理地分配科学研究人才、调整与充实科学研究机构"确定为中国科学院的基本任务。

为了确定办院的方针、任务和组织机构，副院长陶孟和曾认真地搜集和研究各国科学院的历史及其近况资料，分析中外的异同。

1950 年 6 月 20 日，中国科学院第一次扩大院务会议召开，会议由院长郭沫若主持。陶孟和在报告中说：

　　我对于科学院的条例与规程，作一简单的报告。

　　中国科学院在人民政协组织中，是一个亟重要的部门，中国科学院的组织与国外者不完全相同，例如东德研究院系由研究员与院士组成的。又如英帝国的皇家学会为一集团，按期集会。苏联科学院有研究所，一方面又与英、美、法相近，不同的是研究员约有万人。中国科学院接收了中央研究院及北平研究院，调整后有 16 个研究单位，这是与苏联相同的，但是，中国科学院本身是行政机关，不与外国者相同，而是有双重任务的。

　　中国的科学是落后的，例如中国的地质学者仅不过 300 人，化学家的人数更少，中国科学院首要任务为奖励、促进及加强科学研究工作，把科学研究机构推进，使各研究人员发挥最高才能，为中国人民服务。按照共同纲领，中国科学院要为全国发展学术。

　　过去中央研究院虽然为各所服务，多少做了点工作，但是，对于发展全国学术方面，并没有做到。现在，中国科学院要借重全国人才，完成这种任务，科学院绝不采取关门主义、宗派主义，也不采取命令主义，而是要采纳各地方的意见。

这些材料的搜集、研究、论证给中国科学院方针任务中心工作的制定奠定了坚实的基础。

在大会的最后，郭沫若做了总结报告。他将这次会议也是建院初期的中心工作概括为：

确定方针，根据《共同纲领》文教政策的规定，担起推进科学研究和培养人才的任务。

建立制度，制定了《中国科学院暂行组织条例》、《专门委员聘任暂行规程》、《研究所暂行组织规程》、《研究人员任用暂行细则》和《技术人员暂行细则》等。

要加强与全国科研机构的联系。

郭沫若认为科学院"院大厦的骨骼已经建立起来"。从这个意义上讲，中国科学院在真正意义上诞生了。

1956 年 8 月 17 日，中华全国自然科学工作者代表大会在北京胜利召开，参加这次会议的有来自全国各地各部门的科技工作者代表 469 人。

李四光代表中国科学院向大会做了以《新中国的科学研究》为题的报告。报告中首先提到，根据政协《共同纲领》的有关条款和郭沫若在中国科学院第一次院务扩大会议上指示的基本任务，确立了科学研究的方向是：

> 为人民服务与实际密切配合，吸收国际进步的科学经验，赶上国际学术水平，强调计划性和集体性，加强各学科间的有机联系。

在报告的最后，李四光谈到中国科学院还需要随科学进展的变更划分学科的领域，改进科学工作方法，随时培养一些缺乏的人才。让科学工作者就各自的工作领域紧密地联系起来，经过若干年的工作逐步发展成有全面性的科学工作计划。李四光希望科学家们在这些方面给以协助。

根据大会讨论通过成立了中华全国自然科学专门学会联合会和中华全国科学技术普及协会，分别简称科联和科普。

中国科学院一系列方针任务、中心工作以及研究方向的确立，为中国科学院的长足发展指明了道路。

组织接收旧科研机构

1950 年 4 月 6 日，中国科学院在南京接收了中央研究院办事处和社会、物理、气象、天文、地质 5 个研究所以及中国地理研究所。

至此，原中央研究院和北平研究院的直属研究所全部接收完毕。后来又相继接收了其他地方的研究所。

在开始建立中国科学院的时候，接受旧的研究所的任务也同时开始了。这些旧的研究所是中国科学院能够建立起来的根基。

中国科学院建立的初期，新中国宣布接收了旧中国的北平研究院和中央研究院的研究机构。各地的科学研究机构，在当地解放后，大多已先由有关文教部门或军管会接管。

1949 年 11 月 5 日，华北人民政府高等教育委员会宣布，正式解除与原北平研究院总办事处的隶属关系。同时，原北平研究院总办事处所属的原子学、物理学、化学、植物学、动物学和史学等 6 个研究所，以及原中央研究院历史语言研究所在北京的图书史料整理处也一起脱离与华北人民政府高等教育委员会的隶属关系。这些机构从此归入中国科学院领导之下。

接收任务已经圆满完成，但是更重要的问题摆在科学院领导的面前。这些新接收的机构在工作上既有重复，又很分散，一时很难适应新中国建设的迫切需要。

基于这个问题，郭沫若邀请北平研究院和中央研究院的科研人员召开座谈会，征求大家的意见。

在院机关各级干部选定之后，郭沫若立即率领有关人员陆续到接收的各研究所调查了解情况。

郭沫若当时身兼多种国家领导职务，政务十分繁忙，但他每个星期都抽出时间亲自主持院务汇报会议，确定研究所的调整方案和所长人选，从全国学术界中聘请著名科学家担任中国科学院的专门委员，部署建立各种规章制度。

经过众多专家的提议、领导们的辛苦工作、院长办公会议上的多次研究，改组方案最终确定下来。

另外，关于调整接收过来的研究所以及筹建新的研究机构的问题，钱三强和竺可桢领导的计划局发挥了举足轻重的作用。

仅 1950 年，计划局就召开专门学科会议 48 次，进行了充分的调研。后来，钱三强信心百倍地向院里提出了计划局的方案。方案里说：

> 科学院的发展布局是：数学、物理和社会科学以北京为中心；生物、化学和应用科学以上海为中心；地学、天文以南京为中心。确定首批调整和筹建的研究机构共 21 个，其中 4 个

是社会科学的。

郭沫若和许多领导研究了多次，经过深思熟虑，郭沫若宣布院里通过了这个方案。

同时，对这些研究所的所长、副所长，以及重要研究室的主任人选，钱三强和竺可桢也都通过调查研究得以明确，并报经政务院任命，从而使工作及时运转了起来。

在讨论调整物理学研究机构时，钱三强亲自登门拜访物理学界的前辈和同行们，与他们一一交换意见。

在接收调整旧的科学研究机构方面，副院长竺可桢也做了很多工作。因为，按照当时中国科学院领导班子的实际情况，自然科学方面的实际责任比较多地落在了竺可桢以及稍后被任命的吴有训副院长的肩上。

接收旧机构的工作是从北京做起的。每次都是竺可桢或陶孟和陪同郭沫若到各研究所和全体研究人员见面。与此同时，竺可桢还相继访问了清华、北大、燕京诸校，广泛征求他们关于办好中国科学院的意见。

这项工作告一段落以后，竺可桢与陶孟和又同赴南京、上海继续进行调查，为最后确定中国科学院下属第一批研究所的建制做了大量的工作。

竺可桢的调整工作坚持了三项原则：其一是把调查的重点放在性质上有重复的研究所，明确如何归并的具体方针；其二是强调科学院科研工作的计划性和集体性；

其三是突出重点，予以特别支持。

他经常和许多科学家促膝长谈，互通心声，为大家解除派系纷争，消除成见。许多与竺可桢谈过话的科学家都被竺可桢以诚待人又坚持原则的精神所感动。

最令人感动的是对前中央研究院的气象研究所的处理。这个研究所是竺可桢自1928年起苦心经营发展起来的，不仅对我国近代气象科学事业的发展作出了开创性的贡献，而且在国际上也有较高的学术地位，是旧中国有重要影响的研究单位之一。

中国科学院成立后，竺可桢完全可以使这个研究所保留下来，但是他没有这么做。而是根据当时学科的发展状况、国民经济实际的需要和所内大多数科学家的愿望，来处理原气象研究所的发展问题。

他主张把研究所扩大成为地球物理研究所，气象研究所实际降级成了所里的一个研究室。后来发展的实践证明，这是符合实际发展需要的。这样做非但没有削弱气象学的研究，还由于密切了大气物理学和其他固体地球科学的联系，使大气物理学得到了长足的发展。这件事情反映出竺可桢顾全大局的高尚品格和实事求是的科学精神。

李四光回国较晚，他回国时，中国科学院对原中央研究院、北平研究院以及其他科研机构的接管调整工作大部已就绪，只有原中央地质调查所的调整方案有待确定。李四光一回国，就积极地投身到原中央地质调查所

制定科学新政策

的调整工作上来。

旧中国有 3 个全国性地质机构：属前经济部的中央地质调查所，简称地调所；前中央研究院的地质研究所；抗战后期成立的属前资源委员会的矿产测勘处，简称测勘处。这些研究机构都设在南京。

1949 年 4 月，南京解放后，测勘处归财经口接管，地调所和地质所归文教口接管。三个机构中以地调所建立最早，当时科研人员最多，图书资料积累最丰富，已发展成包括地质、古生物、古人类、地震、土壤等综合性的研究所。

1949 年秋，酝酿新中国地质机构如何建立时，地调所大多数人提出：地调所要归中国科学院，因为中国科学院才是唯一的最高科学领导机构。也有人提出反对意见说：可以成立两个机构，一个负责找矿，一个搞研究。

后来李四光回国，到了北京，见到了周恩来。周恩来和他谈了很长时间，周恩来希望李四光担当起全国地质工作和机构的安排任务。李四光接受了这个任务。

李四光接受周恩来托付后，思虑再三，决心不负总理重托。他决定按共产党走群众路线的方法，亲自拟了一封向各机构地质人员征求意见的信。无论是野外的或留作室内工作的地质人员，李四光都直接把信寄到了他们手上。当月陆续发出 200 封信，不久大部分都有了回信。

李四光经过综合的考虑，并会同有关各方共同协商，提出了成立"一会、二所、一局"的方案。最后经财政经济委员会和文化教育委员会联名于 8 月 22 日向周恩来做了报告。

周恩来批准了这个建议。

1952 年 8 月，中央人民政府委员会决定成立地质部，李四光被任命为部长。

地质研究所和古生物研究所的人员、计划、经费等管理工作全归入中国科学院。在学部成立前，按照副院长的分工，李四光继续分管这两个研究所。

至此，旧的研究所顺利接收并大致做了调整。从此，中国科学院开始了自己光明的征程。

吸纳海内外科技人才

1949 年中国科学院成立后，短时期内就聚集了大量人才。

1949 年底到 1950 年，李四光、赵忠尧、葛庭燧、高怡生、曹日昌等相继来到中国科学院，他们一到科学院就担任起研究员的工作。后来又有一大批科学家来到中国科学院工作。

据不完全统计，从 1950 年到 1956 年这七年间，36 位回国的副研究员以上的科学家，先后到中国科学院院属生物研究部门工作。他们占当时生物学部门高级研究人员总数的五分之一以上。这仅仅是一个生物研究部门。

海内外科学工作者的加入，增强了研究所的学术领导力量，科学院成立后新组建的许多研究所在短时间内得到迅速发展，他们为国家建设和推动科学发展作出了贡献。

中国科学院领导为这些人才的引进做出了很大的努力。

院长郭沫若、副院长竺可桢都为此付出了很大心血。

在中国科学院刚刚建院的时候，需要很多人才，特别是学科带头人，集聚人才是十分重要的工作。一些海外学子，在新中国的感召下，表示愿意回来报效祖国。

1950 年 5 月，地质学家李四光从英国回国，院长郭沫若来不及吃早饭，就到前门火车站去迎接，并陪送李四光到六国饭店下榻，足见中国科学院对人才的高度重视。李四光也成为中国科学院副院长，为中国的地质事业作出了巨大贡献。

1950 年 4 月，在美国的核物理学家赵忠尧希望回国，中国科学院院长郭沫若得知这个消息后，立即致电赵忠尧，表示真诚的欢迎。

赵忠尧在美国购置了许多物理学研究用的仪器，希望把它们带回国。郭沫若立即表示支持，并为其出具中国科学院的证明。

赵忠尧在回国途中，被驻日美军无理扣押，郭沫若立即与外交部协同进行营救，并以中国保卫世界和平委员会主席的名义，致电保卫世界和平大会主席约里奥·居里，呼吁全世界科学家予以谴责。

当得知赵忠尧在南京的家属生活困难后，郭沫若又立即提前核定赵忠尧的月薪，发给家属，以解决燃眉之急。

众多人才的归国为新中国的建设增添了新的活力，中国科学院的工作也有了坚实的基础。

为了更好地引进先进的科学技术人才，中国科学院计划局曾专门对全国自然科学方面的人才进行调查。

竺可桢当时任中国科学院计划局局长，他历来重视人才。建院初期，他从多方面着手，为中国科学院聚集研究力量。

根据院计划局当时对全国自然科学方面人才的调查，了解到当时有相当学术成就的自然科学家为 865 人，其中 174 人还在国外。

经竺可桢和其他院领导的共同努力，争取了一批具有相当学术成就的科学家先后来到中国科学院工作。

他们中有童第周、曾呈奎、贝时璋、庄孝儒、蔡邦华、戴芳澜、汤佩松、殷宏章、潘菽、裴文中、王淦昌、汪德昭、庄长恭、王葆仁、虞宏正、叶渚沛、尹赞勋、黄秉维等。

就像当年在浙江大学努力延聘有学术威望的教授一样，竺可桢为了邀请这些科学家来院工作，倾注了不少心血。

当时有些科学家在大学里工作，他就和教育部领导反复协商，大力争取。有的成功了，教育部门同意调出，如童第周、曾呈奎等。有的被教育部婉言拒绝了，没有调进科学院工作，但他们一直和竺可桢保持着密切的联系，如苏步青等。

为了争取尹赞勋来科学院，他曾几次拜访地质部副部长何长工，最后终获同意。当汪德昭、叶渚沛等从国外归来时，竺可桢自费设宴为他们接风，向他们介绍新中国的情况和中国科学院的性质、任务，动员他们到中国科学院参加研究工作。

为了充实新中国的科研人员力量，竺可桢还亲自出面发出函电，延请在海外他的故交或学生中有成就的学者回国参加建设。在他号召下，有的很快就踏上了归国的旅途，并成为中国科学院研究力量的骨干，例如姚鑫、施履吉等。

为了弥补科学院研究力量的不足，竺可桢倡导高等院校的教授来研究所兼职，担任专门委员会的委员，在研究任务和人员培养方面帮助科学院工作。

竺可桢还认真组织实施了科学院和高校共同组建研究机构的方案，例如在北京大学建立了植物生理研究室，请当时的北大教授汤佩松主持；通过侯光炯教授，在西南农学院设立西南土壤研究室等，对推动基础研究起了一定作用。

竺可桢对年轻科技人员的培养更是倾注了很大心血。在当时的情况下，他主张多派青年科技人员到苏联深造，或随专家一起赴苏联及东欧国家考察、进修。他本人出访苏联和东欧国家时，总是向我国大使馆详细询问中国科学院派去留学生的学习成绩，并与他们会面，或进行个别谈话，或举行座谈会，或要他们陪伴参观，担任翻译，从中对留学生的业务水平进行考察。

曾担任兰州冰川冻土研究所所长的谢自楚，就是在当时竺可桢访苏时的建议和鼓励下，选择了冰川研究专业，后来谢自楚成为我国较早从事冰川研究的年轻学者之一。

对于刚分配来科学院的大学毕业生，竺可桢总是要与他们见面，向他们做中华人民共和国成立前后的对比，展望中国科学事业的未来，介绍中国科学院的情况，对年轻人提出殷切的希望。

当年第一批大学毕业生来科学院报到时，竺可桢和他们进行了近三小时的谈话；这一年还有第二批大学毕业生，因洪水阻断交通，延期到了北京。报到后，竺可桢又与他们做了同样的讲话。

竺可桢在担任浙江大学校长时就一直遵循这样的方法。每逢新生入学，一定要对学生进行国家前途和青年人的任务的教育，让大学毕业生一踏进新中国的科学大门，就立即意识到自己的责任。

中国科学院的领导通过各种方法、策略吸引了大量人才，从而使中国科学院正常运转起来。

加强对学术的政治领导

1955 年 5 月 10 日，周恩来召集陈云、习仲勋和陈毅副总理再次研究分工问题。周恩来说：

> 陈毅同志分管国务院第一、第二办公室，民族事务和科学卫生工作。

在分管科学院工作近两年的时间里，陈毅做了大量工作。陈毅的言传身教，对科学院的工作有着深远的影响。

到 1956 年 11 月 30 日，中共中央批准陈毅、李富春、聂荣臻《关于科学规划工作向中央的报告》。国务院科学规划委员会成为常设机构，由聂荣臻任党组书记和主任委员，陈毅不再分管科学院工作。

中国科学院成立后，党中央并没有让它自己随意发展，而是通过各种渠道，关心它的发展。

不仅有陈毅、聂荣臻这样的中央高官来管理中国科学院的工作，中央还直接派张稼夫做科学院党组书记，后来又派张劲夫和裴丽生等做院领导。这些派到中国科学院的领导，为中国科学院的建设做了大量的工作，对中国科学院的学术领导和政治领导起到了举足轻重的作用。

　　1952 年 12 月底，中共中央调张稼夫到中国科学院任党组书记。1953 年 1 月 14 日，中央人民政府任命他为中国科学院副院长。张稼夫的到来，极大地促进了院里的领导工作。

　　张稼夫一到科学院，就参加了访苏代表团的组建工作。这个代表团由 26 位著名科学家和工作人员组成，团长是核物理学家钱三强。张稼夫以历史学家的身份参加了代表团，同时还担任代表团党支部书记。武衡是代表团的秘书长。

　　1953 年 2 月 26 日，访苏代表团出发，3 月 6 日到达莫斯科。代表团历时 3 个月，访问了 98 个不同类型的研究机构，11 所大学，还有工矿、农庄以及博物馆等单位；了解了苏联培养科学干部的现状和方法，科学研究计划制订的程序和效果，苏联各研究所的分工与配合，研究所和大学及产业部门的关系等。

　　访苏代表团还听取了苏联科学院主席团为代表团组织的 7 个全面性的报告，并就两国科学合作问题进行了交谈。

　　这次访苏收获很大，对于中国科学院改进领导工作有很大的帮助。

　　1953 年 5 月 26 日，访苏代表团回到东北。为了整理访苏记录和所得到的各种材料，在长春市做了短暂的停留。张稼夫利用这段时间对中国科学院东北分院及其所属的 9 个研究所的工作进行了调查研究。

访苏代表团对这次访苏之行进行了认真的总结，先后在沈阳、北京、上海、南京等地，向科技界做了考察报告。

1953 年 6 月 20 日，钱三强向中国科学院常务会议做了访苏报告，全面介绍了苏联发展科学技术的有关情况。在谈到苏联科学院的学术领导体制时，他着重介绍了苏联科学院院士制度以及学术秘书处、学部等组织机构的情况。

1953 年 7 月，张稼夫将访苏的情况，向中共中央宣传部副部长胡乔木做了口头汇报。9 月 15 日，张稼夫又将他主持撰写的《中国科学院党组关于中国科学院访苏代表团工作向中央的报告》正式报送给了毛泽东和中共中央。

张稼夫访苏回到北京后，一方面组织访苏代表团成员在北京、上海等地向科学家做访苏报告，另一方面召开了中国科学院研究所所长会议，传达了代表团访苏情况，集思广益，讨论研究院的工作和发展。

中国科学院研究所所长会议结束以后，身为院党组书记的张稼夫又主持起草了《中国科学院党组关于目前科学院工作的基本情况和今后工作任务给中央的报告》。

在报告中，张稼夫提出一系列措施以改善院的领导机构和领导方法。其中提到了，要在院务会议下成立学术秘书处，着重加强学术领导等事项。

在报告中，张稼夫还提出了当前科学工作的方针、任务，即：

遵循着党在过渡时期的总路线，认真学习苏联先进科学工作的经验，积极支援国家建设，为实现国家的社会主义工业化和促进整个国民经济的相应发展而努力。

张稼夫又同时指出了中国科学院面临的诸多问题及解决方法，他在报告中写道：

今天摆在中国科学院面前的问题，为如何克服过去中国科学落后所造成的困难，如自然和经济资料的缺乏，学科门类的不平衡以及人数少、质量低等等。这就必须发挥现有科学家的高度积极性和创造性，在实践中丰富与发展我们的科学事业，充实与壮大我们的科学队伍，为坚决贯彻党在过渡时期的总路线的精神而奋斗。

中国科学院党组会议反复研究修改了张稼夫的报告初稿。关于中国科学院是成立学部，还是实行院士制，中国科学院党组会议反复研究。最后，在党组内部统一认识的基础上，才把报告稿定下来，并于 1953 年 11 月

19 日向中共中央报送。

中共中央召开了政治局会议，由刘少奇主持对该报告进行了讨论，基本同意了这个报告，并一再强调要做好团结科学家的工作。

中共中央政治局会议决定由李富春、习仲勋、张稼夫负责报告方案的实施。张稼夫根据会议讨论的意见，对报告加以修改后由中央下达。中共中央政治局会议还通过了中国科学院党组向中央报告的批示稿，该批示稿是由中央宣传部代中央草拟的。

党中央和政务院对中国科学院党组的报告非常重视。1954 年 1 月 28 日，政务院举行了二〇四次政务会议，会议同意了成立学术秘书处和筹建四个学部的设想。这四个学部分别是数学物理学化学部、生物学地学部、技术科学部、哲学社会科学部。

根据中华人民共和国宪法和组织法，明确了中国科学院不再是政府机构，而是国务院领导下的国家最高学术机关。

1954 年 2 月 17 日，钱三强被任命为学术秘书处秘书长。学术秘书处是中国科学院院务会议加强学术领导的助手，它的主要任务是负责联络院属及国内科技界权威人士，并进行有关科研的组织工作。

1954 年 3 月 8 日，中共中央将修改后的中国科学院党组的报告和中央批示下发给全国各级党委、中央有关部党组和有关单位的党组织。

学术秘书处成立后要做的第一项重要工作是筹建学部。钱三强在主持学术秘书处和筹建学部工作中，积极遵循1954年3月8日中共中央对科学院党组报告的批示精神。以中国科学院为全国科学研究中心，团结科学家，发挥科学家在科学研究上的积极性，关心与支持他们的研究工作，为他们的研究工作安排便利的条件。

学术秘书处首先将拟出的筹建学部的书面文件发出，向各方面的科学家征求意见。接着，于1954年4月8日建立了学部的筹建机构，由郭沫若院长和各位副院长、东北分院院长负责各学部的筹建工作。

后来学部的筹建机构经过反复酝酿讨论，起草了筹建学部的有关文件，明确了学部委员的三个必要条件，即：对学科的推动作用；忠于人民事业；其中首要条件为学术成就。

1954年7月初，钱三强、张稼夫等以郭沫若院长的名义，向中国科学院各研究所、全国高等院校及产业部门有代表性的科学家寄发信函454件，请他们就自己了解的专业学科推荐学部委员人选。

根据回信的推荐情况，在民主的基础上，结合学科的发展，还有多次的协商，由钱三强主持的学术秘书处拟出自然科学方面的学部委员以及各学部常务委员会候选人名单。同时，学术秘书处还拟定了《学部暂行组织条例》，并于1954年8月7日代表学术秘书处向院常务会议报告，后经国务院批准公布了首批中国科学院学部委员 233 人的名单，其中自然科学方面有 172 人。

1954 年 9 月 1 日，中国科学院学部成立大会召开。

在中国科学院的建设中，除了学术领导得到加强，政治领导也得到了进一步的改善。

张稼夫刚到科学院时，院内党的力量极为薄弱，懂科学的党员只有少数几个，有的研究所连一个党员也没有。

他曾多次向中共中央宣传部、组织部写报告，呼吁加强科学院党的力量，先后从复员转业军人和地方干部中调来几批党员干部。

这些干部到科学院后，既减轻了科学家在行政工作方面的许多事务，从而可以集中精力进行科学研究，又便于在研究所建立党的组织，进行政治思想工作。

中国科学院党组向中共中央报告和中共中央的批示下达以后，明确了党在科学院工作的方针、任务和团结科学家的重要政策，张稼夫不失时机地认真传达贯彻。

他组织全院人员学习两个文件，认真领会文件精神，接着由党组成员郁文负责筹备，并于 1954 年 9 月 15 日至 30 日在北京召开了中国科学院第一届人事工作会议。

张稼夫在会上做了报告，回顾了中国科学院建院以来党的工作的基本情况，指出了工作中的缺点，论述了今后的工作任务和正确的工作方法。会议结束时，张稼夫做了总结报告。这次会议，实际上是一次党的工作会议。

一直以来，对党在科学工作中的政策认识方面，党内缺乏统一认识。这次会议的召开，在一定程度上统一了党内思想。会议还交流了党的工作经验，制定了人事工作的规章制度，从而提高了院、所内部党的工作和人事工作的质量和水平。这在中国科学院党的建设上是一次非常重要的会议。

这次党的工作会议召开以后，中国科学院党的力量逐步增强。到1956年，中国科学院党的组织已有京区党委1个总支部和31个支部，建立并健全了全院党的组织系统。

张稼夫非常注意团结科学家，他给冶金学家叶渚沛提供了很多帮助。

叶渚沛原来在冶金工业部当顾问，在钢铁冶炼的技术路线上同当时来华的苏联专家意见不一致。

叶渚沛曾多次建议采用氧气顶吹转炉炼钢新技术，他认为这一新技术才适合我国国情，但一直未被采纳，因而不被重用。

吴玉章把叶渚沛推荐到科学院工作。张稼夫对叶渚沛很尊重，安排他在学术秘书处任学术秘书。张稼夫经过充分调查研究后，坚定地支持叶渚沛冶炼新技术的研究。

1955年下半年，经过院务常务会议讨论通过，在石景山钢铁公司，给叶渚沛建了一个17.5立方米的试验用小高炉，取名为"化工冶金研究所筹备处"，请叶渚沛当处长，试验高风温、高压炉顶、蒸汽鼓风等高炉炼铁新技术。

此后他又成功地开展了氧气顶吹转炉炼钢的试验研究，试验结果证明叶渚沛的学术观点和技术路线都是正确的。

叶渚沛还写了专著《论强化高炉冶炼过程的基本问题》，获国家自然科学奖二等奖。由于叶渚沛的突出贡献，他被选为全国人大常委会委员，得到了应有的荣誉。

1956 年 1 月，中共中央号召"向现代科学进军"，提出制订 1956 到 1967 年科学发展远景计划的任务，要求党和政府用极大的力量来加强中国科学院，使它成为领导全国提高科学水平、培养新生力量的火车头。

为了加强中国科学院的领导力量，党中央决定抽调张劲夫和裴丽生等同志到科学院领导岗位开展工作。裴丽生出任院党组副书记，行政上先任秘书长，后任副院长。

中国科学院的新班子刚成立时，首先抓了 12 年科学发展规划的制订工作。裴丽生在院里主持日常工作，同时代管科联、科普两大群众团体。

裴丽生到科学院工作后，始终努力支持和配合党组书记、副院长张劲夫开展工作，团结党组一班人，认真执行党的知识分子政策，调动科研人员的积极性，使科学院的工作健康发展。

在工作方法和工作作风上，裴丽生也很有他的个性。

在宏观上，他大局在胸，思路开阔，对新鲜事物敏感，对科学家的创见热情支持，并善于听取不同意见，在此基础上作出正确的判断与抉择。

在微观上，他脚踏实地，实事求是，周到细致，经常深入现场调查研究。他谦虚谨慎，钻研业务，不会就学，不懂就问，因此在许多业务问题上也取得了一定的发言权。

当时，裴丽生的行政级别比张劲夫高，资格也老，但他十分尊重张劲夫同志，自觉维护党组领导班子的团结。凡有重大问题，他都是事前请示，事后报告。

他对竺可桢、李四光等科学家副院长非常尊重，与钱学森、周培源、赵九章、汪德昭、王大珩等老科学家交情很深。

中共中央根据中国科学院的特殊性质，进行了有效的学术政治领导。实践证明，这些方法是符合客观实际的。

中国科学院在中国共产党的领导下，一步一步踏上了自己的光辉历程。

在科学家中开展政治思想工作

1951 年，郭沫若在《科学通报》的第一期上发表了一篇题为《光荣属于科学研究者》的文章，其中说道：

> 我们应该尊重科学，尊重科学研究，尊重科学研究家。

> 科学研究自然是应该和实际配合的，但在这儿也有种种不同的历程。有的研究和实用的历程很短，研究的成果立即可以见诸实用。但有的却有相当长远的历程，一时是看不出成效来的。

> 对于科学研究，无论内外行，怀着急躁的心情期待，是不妥当的。眼光要看得远一点，算计要打得长一点。

> 但无可讳言，我们对于科学和科学研究，无论内外行，都还不够十分重视。我们的眼光有时太短，而算计有时打得太紧。因此我提出这点暗示来请大家注意。我是在为科学界呼吁，也是在向科学界呼吁。

郭沫若的文章针对的是中华人民共和国成立初期，

由于反复批判理论脱离实际的旧作风，滋生出一些科学家不敢从事基础理论研究的新倾向。

身为院长的郭沫若，以高度的责任感出来讲话。他的文章为众多科学家发挥自己的理论优势提供了舆论支持，放开了束缚他们的思想包袱。

思想，关系到问题的认识和解决。中国共产党一直很关注人的思想问题。对此，党组书记张稼夫做了很多工作。

张稼夫到科学院后十分注意在科学家中进行政治思想工作。访苏回来后，为了引导科学家用辩证唯物主义的世界观和方法论进行科学研究，他曾在《科学通报》1953 年 09 期上发表《谈苏联科学家怎样掌握并运用马克思列宁主义的经验》一文。

张稼夫在文章中谈了苏联科学家如何掌握马克思主义方法论，以及把马克思主义方法论用在科学研究工作中的重大意义等问题。张稼夫强调中国科学家应当坚持为人民服务的立场，坚持以严肃的科学家的态度对待自己的工作和学习，不懈地钻研马克思列宁主义经典著作，不懈地钻研自己的科学业务。

随后，张稼夫又让中国科学院机关党总支组织在北京的研究人员系统地学习马克思主义哲学，并请我国著名的马克思主义哲学家艾思奇等人来讲课和进行辅导。

这次学习很受研究人员的欢迎，自愿参加学习的人很多，不少老科学家都参加了。

张稼夫为了帮助青年科研人员克服好高骛远、急于求成和把政治与业务对立的思想倾向，还专门写了《谈谈有关掌握科学技术的一些问题》一文，发表在《中国青年》1954年第三期上。这篇文章是针对当时一批青年科研人员中带普遍性的思想问题写的，语重心长，耐心开导，取得了很好的效果。

张稼夫除了写文章外，还注意在科学家中做思想工作。那时数学家华罗庚在本所中碰到一些问题，心情不好。张稼夫知道后，特地登门拜访，为其排忧解难，一时传为佳话。

张稼夫还常常告诫新到研究所工作的党员副所长，要尊重科学家，为科学研究工作创造有利条件，切忌"以党代政""党政不分"。

这些同志在工作中遇到什么疑难问题，常常到张稼夫家中请教，地质研究所党员副所长边雪风就是他家的常客。

张稼夫是党组书记，他以身作则贯彻执行团结科学家的政策和中央关于科学工作的方针、政策及重要指示。他对郭沫若院长和李四光、陶孟和、竺可桢、吴有训几位副院长非常尊重。

尤其是对郭沫若，凡是中央有什么重要指示或对科学院的重大问题要做什么决策，他总是亲自到郭沫若家中传达、面商。科学院党组召开的重要会议，都请郭沫若出席。科学院党组向中共中央的重要报告，要请郭沫若审阅，提出修改意见。

张稼夫离开科学院后，仍常去看望郭沫若。后来，郭沫若还曾谈到与张稼夫在科学院共事是他一生中很愉快的时光。

对其他几位副院长也是一样，张稼夫有事总是到他们的办公室或家中商谈，沟通思想，取得共识。张稼夫离开科学院后，李四光、竺可桢仍和他互相看望，保持着个人之间的联系，足见他们之间友谊之深。张稼夫还注意在科学家中发展共产党员，钱三强入党就是经过他和中央宣传部科学处副处长于光远介绍的。

1956 年 6 月下旬，炎炎酷暑，中国科学院的领导们并没有因为炎热而停止工作，并且还在中国科学院召开了第一次院务扩大会议。到会的有中国科学院 30 多位专门委员，他们都是国内各学科领域的著名科学家。

在会议上，周恩来发表了讲话，他建议科学家们可以看看毛泽东关于整顿三风的报告。

李四光在听过讲话后，当即去书店买回一本《整风文献》认真阅读。

1956 年 6 月 26 日，会议最后一天，郭沫若院长做了总结报告后，请李四光讲话。面对众多科学家，李四光结合自己的经历谈了中国的知识分子问题：

从念八股文到出洋留学，回国到大学教书，到科研机关做研究工作，再次出国……

在这种环境影响下，不免产生羡慕外国，瞧不起中国工人的思想。

他认为这也是买办思想。现在中华人民共和国成立了，打碎了旧社会，在我们的思想中，也要想办法去掉旧的只羡慕外国的买办思想，才是进一步的解放。

这一次的即席发言，可以看成是他开始用批评和自我批评进行自我思想教育的一次实践。

中国科学院的领导针对科学家们不同时期不同人的思想问题，自觉地开展批评和自我批评，为中国科学院的整体进步奠定了很好的思想基础。

制定科学新政策

制定科学发展规划

1956 年 8 月下旬，北京的天气依然非常炎热。"十二年科学规划"的制定也接近尾声。

在陈毅的主持下，中共中央召开了国务院科学规划委员会扩大会议。会议中通过《关于科学规划工作向中央的报告》，从而完成了"十二年科学规划"编制任务。

"十二年科学规划"从 13 个领域提出了 57 项重要科学技术任务，并从中提炼出更带有关键意义的 12 个科学研究重点：

1. 原子能的和平利用；

2. 无线电电子学中的新技术；

3. 喷气技术；

4. 生产过程自动化和精密仪器；

5. 石油及其他特别缺乏的资源的勘探，矿物原料基地的探寻和确定；

6. 结合我国资源情况建立冶金系统并寻求新的冶金过程；

7. 综合利用燃料，发展重有机合成；

8. 新型动力机械和大型机械；

9. 黄河、长江综合开发的重大科学技术

问题；

10. 农业的化学化、机械化、电气化的重大科学问题；

11. 危害我国人民健康最大的几种主要疾病的防治和消灭；

12. 自然科学中若干重要的基本理论问题。

在列入"十二年科学规划"的57项重大任务中，以科学院作为"主要负责单位"的有8项，以科学院作为"联合负责单位"的有15项，两项合并占总项数的40.4%。

另外，科学院作为"主要协作单位"，还需要参加的有27项重大任务，三项合并起来，一共占总项数的87.7%。

由此可见，中国科学院在中国科学事业中所占的重要分量。

关于科学规划的事，中国科学院领导张稼夫很早就在关注。

1954年，国家计划委员会颁发了编制十五年国家经济长远规划的要求。1954年6月间，张稼夫委托学术秘书处讨论科学规划的事。

学术秘书处根据国家计划委员会颁发的编制十五年国家经济长远规划的要求，分别召集院内外科学家，对数理、生物、地学、技术科学、哲学社会科学等方面的规划问题进行了座谈。

1954 年 10 月，中国科学院院长顾问、苏联专家柯夫达来到北京。张稼夫经常和柯夫达研讨科学院的长远规划问题。

1955 年 1 月，柯夫达提出了《关于规划和组织中国全国性的科学研究的一些办法的建议》。张稼夫把建议提交党组研究。

1955 年 2 月 12 日，张稼夫又把柯夫达的建议上报给了中共中央、周恩来。

1956 年 1 月 5 日，国家计委主任李富春遵照毛泽东"全面规划，加强领导"的指示，给张稼夫写了一封信。

在信中，李富春谈到制定"十二年科学规划"的方针、方法和内容，要求科学院主要做重点学科的发展规划。李富春在信中指出：

> 这个规划必须是向科学和技术进军的规划，
> 必须是迎头赶上世界先进科学技术水平的规划。

张稼夫接到信后，于同月 7 日召开了中国科学院党组会议，确定按照来信的要求，如期提出科学院的"十二年科学规划"。

规划的重点，主要是重要学科的发展计划和重要专题的研究项目。中国科学院党组要把制定这一规划作为科学院工作的中心环节，组织力量大力进行。

1956年1月14日至20日，正值严冬，离新年也只有不到一个月的时间。中共中央在北京召开了知识分子问题会议。张稼夫参加了这次会议。

知识分子问题会议刚刚开完，张稼夫就投入到了"十二年科学规划"的制定工作上来。他的身体本来就不太好，青年时期曾患过肺病，并多次发作，一个肺已经萎缩，走起路来身体有点倾斜。

在科学院，张稼夫白天忙于开会，找人谈话，拜访科学家，往往要到晚上夜深人静的时候才能腾出时间批阅文件，处理公文。所以，张稼夫每天要到夜里十一二点才能上床休息。

党组会议多半是在晚上召开，而且开到很晚才能散会，而他的饮食又很简单，喜欢吃家乡的粗茶便饭。每天下来，张稼夫都十分疲劳。

正当科学战线紧张地制定"十二年科学规划"的时候，由于健康原因，张稼夫深感力不从心，不得不向中共中央和国务院提出调动工作的请求。张稼夫向陈毅谈了自己的身体情况和请求调换工作的想法，并书面提出了接替他的工作的具体人选的建议。

中共中央考虑到张稼夫的身体情况，同意了他的请求，决定调他到国务院第二办公室任副主任，由原地方工业部党组书记张劲夫接替他的职务，二办副主任范长江抓全国"十二年科学规划"工作。

1956年3月15日，国务院科学规划委员会成立。由

制定科学新政策

陈毅任主任，李富春、郭沫若、薄一波、李四光为副主任。张稼夫是科学规划委员会委员兼副秘书长，继续参与制定科学规划工作。

在科学规划委员会成立之前，科学院党组书记新旧交替期间，张稼夫于 1956 年 3 月 10 日以科学院党组名义向中共中央写了一个报告。

报告中讲了中国科学院在制定"十二年科学规划"第一阶段进行工作的情况，并提出了他对当前科学工作中存在的主要问题的看法和对今后工作的具体意见，以供中央参考。

在第二阶段制定规划的过程中，张稼夫常去西郊宾馆参加制定规划的工作会议，范长江、张劲夫对张稼夫提出的有关规划的意见十分尊重。

在张劲夫未到科学院正式接任党组书记之前，张稼夫仍和苏联顾问拉扎连科保持工作联系，拉扎连科自始至终参加了制定规划的工作，而且出了许多好主意。

1956 年 5 月间，科学规划的主要项目基本上定了下来，在这一任务快要完成的时候，张稼夫才正式离开科学院，到国务院二办赴任。这次制定的"十二年科学规划"于 8 月间全部完成，经国务院批准下达实施。

实践证明，"十二年科学规划"是完全符合我国的实际情况的。到 1962 年，"十二年科学规划"在国家科学技术委员会和中国科学院的领导下就基本上实现了。

由于规划的实施，我国的科学事业有了很大的发展，许多重要学科和新兴技术，如原子能、半导体、无线电电子学及自动化、计算机技术、远距离操纵技术等，从无到有、由小到大地发展起来，填补了我国科学技术的空白，加强了薄弱环节，有的甚至达到或接近世界先进水平。

特别是原子能、导弹、氢弹、人造卫星的发射成功，为我国国防建设和社会主义现代化建设起了极为重大的作用。每当听到这些佳音，张稼夫不禁心潮起伏，异常欢欣鼓舞。

值得一提的还有吴有训副院长，他是科学界的老前辈，却不顾年老体弱，为制定科学规划做了很多工作。

1955 年 6 月，中国科学院召开了学部成立大会，副院长吴有训做了报告。在报告中，吴有训就物理学、数学和化学等学科今后的发展前景进行了一番展望。

1956 年初，担任国务院科学规划委员会委员、中国科学院数理化学部主任的吴有训，与其他几位科学家共同主持了发展规划中基本科学研究规划草案的讨论。

参加讨论的有各学科的 120 余位科学家，这一工作于元月底结束。会议讨论提出了 300 多项中心问题，并于 1956 年 2 月进行了汇总，为"十二年科学规划"的制定做了准备。

"十二年科学规划"制定后，吴有训为实施规划做了大量工作。"十二年科学规划"于 1962 年提前完成，之后，吴有训又满腔热情地投入到制定新的科技十年规划中去。

1962 年初，已可预见"十二年科学规划"可以在1962 年年底基本完成。聂荣臻决定在广州召开全国科技工作会议，讨论制定新的十年科技远景规划。

吴有训副院长不顾年事已高，仍不知疲倦地投入到工作中。竺可桢当年 9 月的一则日记中，真实地反映了当时的情景：

> 从这次规划的讨论，大家切磋琢磨，相得益彰。吴副院长始终其事。

科学规划的制定，为中国的科学事业，也为中国科学院的工作，安排了详细具体的计划，为开创中国科学新局面做好了准备。

三、 开创科学新局面

- 聂荣臻在典礼大会上讲话，他说："中国科学技术大学的诞生，是我国教育史和科学史上的重大事件。"

- 毛泽东说："我们自己干，也一定能干好，我们只要有人，又有资源，什么奇迹都可以创造出来！"

- 1970 年 4 月 24 日，我国第一颗人造卫星"东方红－1"号从酒泉卫星发射中心升上了太空。

反细菌战的科学调查

1952 年 8 月 31 日，在北京举行了《调查在中国和朝鲜的细菌战事实国际科学委员会的报告书》的签字仪式。

报告书中得出的结论是：

朝鲜及中国东北的人民，确已成为细菌武器的攻击目标，美国军队以许多不同的方法使用了这些武器。

报告书中肯定了中国科学院在科学调查和分析中所做的大量工作。随后由《科学通报》出版了《反细菌战特刊》。这为中国人民志愿军更好地抗击美帝国主义提供了有力的支持。

事情的原委是这样的。

1952 年 1 月，天空阴暗寒冷，离中国的农历新年不到一个月的时间。美国侵略者的无耻阴谋正在偷偷进行。

美帝国主义的阴谋就是秘密地对朝鲜军民和中国人民志愿军实施细菌战，企图以此制造疫区，残害中朝人民，削弱我军的有生力量。这是对国际公法的践踏。

1952 年 1 月 28 日，中国军民发现敌人在我防区散布带有传染病菌的昆虫、杂物。之后，在前线、后方许多

地区屡屡发现，范围甚广。于是，中朝人民军队和朝鲜人民全面展开了反细菌战的斗争。

1952年的春天，从2月29日至3月5日不到一周的时间内，美军飞机侵入东北上空撒落带有细菌的昆虫、树叶等竟达400多次。

1952年3月7日，中国科学院的竺可桢、吴有训两位副院长在《人民日报》上发表声明，严厉谴责美军进行的细菌战。

随后中国科学院立即组织科学家进行科学调查，具体任务由实验生物所昆虫研究室承担。被派往东北调查的马世骏及其助手，于1952年3月在各个地区采集到美军飞机撒落的昆虫尸体，并见到细菌弹残骸和许多用来携带病菌的羽毛。

1952年3月29日，在奥斯陆召开世界和平理事会执行局扩大会议。中国科学院院长郭沫若参加了这次会议。在会议上，郭沫若建议由世界和平理事会组织一个国际委员会，调查美国在中国和朝鲜散布细菌的罪行。

后来，由瑞典、法国、英国、意大利、巴西、苏联六国科学家组成了"调查在朝鲜和中国细菌战事实国际科学委员会"。1952年6月中旬，"调查在朝鲜和中国细菌战事实国际科学委员会"的委员到达北京。中国物理学家钱三强任联络员。

中国科学院的科学家参与配合调查工作。实验生物研究所昆虫研究室主任陈世骧领导该室人员对美军飞机撒落的多种昆虫进行鉴定，写成《国际科学委员会调查美国细菌战报告书内有关昆虫的若干事实》。

朱弘复和"调查在朝鲜和中国细菌战事实国际科学委员会"的委员们一道，于 1952 年 7 月上旬从北京出发，赴中国东北和朝鲜进行调查。

植物分类研究所的植物学家钱崇澍、林镕、胡先骕、俞德浚、吴征镒等对美军飞机撒下的树叶进行鉴定，确证了美军的细菌战罪行。

1952 年 8 月 31 日，有关细菌调查报告书的签字仪式正式在北京举行。

中国科学院所做的科学调查为这次反细菌战的成功提供了事实和道义上的支持，为新中国的稳定作出了应有的贡献。

到 1952 年底，敌人进行的细菌战已经被彻底粉碎了。美国侵略者不但未能达到目的，而且在道义上遭到了可耻的失败。

这是中国科学院为保卫新生的中华人民共和国所作出的巨大贡献，它也为中国科学院在中国的历史上书写了光辉的一页。

组织全国资源考察工作

1957 年 6 月 18 日，中国科学院举行了第三次院务常务会议。

在这次会议上，听取并审议了竺可桢关于加强综合考察工作的建议，正式批准成立中国科学院综合考察委员会，任命竺可桢兼任这个委员会的主任。

综考会成立不久，竺可桢就领导组织有关科学家编制综合考察的"十二年科学规划"，把多项全国综合考察任务归纳为：

西藏高原和康滇横断山区综合考察及开发方案的研究；

新疆、青海、甘肃、内蒙古地区的综合考察及开发方案的研究；

热带地区特种生物资源的研究和开发；

重要河流水利资源的综合考察；

中国自然区划与经济区划。

科学院组织了二三十个综合考察队，按规划中确定的地区和任务，进行了大量的调查研究工作。

国家建设不能没有资源，社会主义新中国建设急需各种资源的开发利用。

从 1956 年到 1966 年，是社会主义的建设时期，也是中国科学院的大发展时期。正是在这个时候，中国科学院副院长竺可桢组织了大量的资源调查工作，为新中国作出了不可磨灭的贡献。

1956 年 1 月，中共中央召开了关于知识分子问题的会议，会议决定加强对科学事业的领导。同年 5 月，张劲夫、裴丽生、杜润生、谢鑫鹤等一批领导同志受中央政治局的指派来到中国科学院工作，中国科学院的历史掀开了新的一页。

由于领导力量得到加强，在随后的 10 年中，竺可桢的精力主要放在推动和组织自然资源综合考察工作方面，他的足迹几乎遍及除西藏和台湾两个省区以外的所有地方。

1957 年是我国进一步开展自然资源综合考察的一年。这一年按照苏联科学院的建议全面开展中苏合作，除继续进行新疆和黑龙江流域的综合考察以外，同时组队进行综合考察的还有：以考察云南热带生物资源为主的云南生物考察队；以盐湖的综合调查和开发利用为主要任务的柴达木盆地盐湖科学调查队等。

1957 年 6 月综合考察委员会的建立，标志着我国自然资源综合考察工作进入了一个新的阶段，竺可桢作为这项崭新事业的奠基人被载入史册。

30 多年来，综合考察委员会虽然在名称、建制和机构内涵上有所变化和发展，但是我国自然资源的综合考察工作始终沿着竺可桢奠基时指明的研究方向前进。

从 1957 年起，为了取得第一手资料，更好地指导自然资源的综合考察工作，竺可桢用了更多的时间，亲自参加边远地区的野外考察。

关于华南热带作物资源的考察，早在 1954 年，中国科学院与林业部就曾合作进行过，并确立了以发展橡胶林为主要任务的方案。

1957 年 2 月 19 日到 3 月 9 日，竺可桢会同中国科学院和林业、农业部门的有关专家罗宗洛、吴征镒、李庆逵等，与苏联科学院的 7 位学者一共 40 余人，共同考察了海南岛和雷州半岛的橡胶与其他热带经济作物的发展状况，在海南岛 16 个县市中，足迹遍及了 12 个县市。

1957 年 7 月，竺可桢又率领中国科学家 16 人，会同苏联科学院生产力配置委员会主席涅姆钦诺夫院士带领的苏联专家 22 人，花了一个月的时间，沿黑龙江而上，对两岸"中苏两国"境内 11 个城市进行实地考察，提出了黑龙江水力资源开发的第一期工程建议。

1958 年 8 月下旬，竺可桢到兰州主持了甘青综合考察队的工作汇报会，并听取了这个地区综合考察情况报告。

1958 年 9 月初，竺可桢又赶到了乌鲁木齐市，进行他生平第一次的新疆之行，逗留了近一个月，直到 10 月初才回到北京。

这次在新疆，竺可桢行程超过了 4000 公里，除阿勒泰外，足迹已遍及全疆。他这次深入新疆腹地，主要以吉普车为交通工具，经常日行 500 余公里。

竺可桢以地理学家敏锐的眼光，注意到在天山的赛里木湖四周山上未见积雪，此后他又查到南宋时代邱处机曾于 10 月经过赛里木湖时，周围"雪峰环之，倒影湖中"，从而推断中国 12、13 世纪时，天山的雪线大致比现代要低 200 至 300 米。

竺可桢回到北京以后，以《新疆记行》为题发表文章，热情宣传新疆有利的自然条件和发展潜力，讴歌新疆各族人民团结一致、齐心协力建设社会主义的生动情景。

1959 年，竺可桢又几次进出我国西部几个沙漠地区，实地指导了几个沙漠定位试验站的工作。在竺可桢的直接领导和组织下，以中国科学院治沙队为主体的治沙大军浩浩荡荡地开进了我国西北部地区的大沙漠。

竺可桢除了在内蒙古的磴口、宁夏的沙坡头、甘肃的民勤、陕西的榆林等六处建立了综合试验站以外，还深入塔克拉玛干、巴丹吉林、毛乌苏沙漠、河西走廊西部戈壁地区进行实地考察，揭开了中国人民大规模科学治理沙漠的新纪元。

竺可桢在组织南水北调综合考察过程中，希望能选择一条合理的路线，来引长江水注入黄河，以丰富黄河水源，满足北方地区农业生产的需要。

竺可桢于 1960 年、1961 年两次到四川西部甘孜阿坝地区和云南境内，深入长江各支流的上游，实地了解当地自然条件、农牧业生产概貌以及人民生活状况。通过考察，竺可桢初步认为从长江支流雅砻江引水，穿过巴颜喀拉山口注入黄河是比较适宜的路线。

竺可桢以 70 岁的高龄身先士卒，在野外考察中，谢绝了对他的各种照顾。为了取得直接的认识和第一手资料，竺可桢常常置个人安危于不顾，亲自观察各种自然现象。

在考察黑龙江流域的原始森林时，竺可桢不怕蚊蝇叮咬，拨开丛生的杂草。在了解黄河中游地区黄土高原的侵蚀情况时，竺可桢乘坐着小船在浊流中顺流而下，几次因船只搁浅漏水而遇险。在勘察川西高原南水北调的引水路线时，竺可桢时而攀登 4000 米以上的高山，时而又降到河流谷底，面临着随时有可能发生洪水、泥石流、山崩、滑坡的风险。在新疆，竺可桢的吉普车几次在戈壁滩上受阻，有时只能在汽车内过夜。他这样不畏艰险、勇于探索的精神，成为一代代科学考察工作者的榜样。

竺可桢在各处参加考察时，对于乱伐森林、开垦种植的情形极为注意，深深感到生态环境被破坏的严重性。

竺可桢在黑龙江考察时，发现在苏联境内森林茂密，但我国境内的森林则荡然无存。

在海南岛的一些地区，由于乱砍滥伐，当时除了椰子和橡胶树外，看不到比碗口更粗的树木，远处山丘呈灰黄色，颇像华北干旱地区的荒山。而公路两旁的农作物又是疏疏落落，大片平坦的沙漠地上长满了矮小的荆棘。

在新疆、宁夏，竺可桢曾遇到不少来自浙江省绍兴一带的移民青年，虽然乡音亲切，却引起了他的严重不安。一个专区来了数千名外地青年，大面积垦荒，除了加速破坏草地以外，在年轻人的心灵上免不了打下大漠风沙猖獗的烙印。

在河西走廊，竺可桢亲眼看到植被被破坏的情景。兰新铁路上的红柳园本以长满红柳而著名，但是1956年夏天，他在那里见到红柳被大量砍伐，每年要割500多万公斤。竺可桢在行程中亲眼看到，每半小时就有7辆卡车满载红柳扬长而去。红柳是固沙植物，割去红柳风沙立即飞扬，并不断侵袭农田和村舍，连世界艺术宝库敦煌千佛洞也处在流沙的包围之中。

竺可桢曾在各种场合不断呼吁，希望各级政府要重视生态环境，切忌滥垦滥伐，防止水土流失和风沙加剧。

自然资源综合考察工作，是我国科学事业中的新兴部分。不仅需要在理论上和在科学实践中不断进行总结，还应该在工作中注意培养青年人，建立一支具有中国特色的自然资源研究队伍。

新疆综合考察队考察工作结束时，竺可桢立即发动全体队员，全面整理各项资料，编写出10多部专著，形成了《新疆综合考察丛书》，竺可桢亲自为丛书写了序言。

在当时，各考察队大都实行一年三分的工作方法。一年三分之一的时间在野外实地考察，三分之一的时间对考察所得资料进行科学总结，另有三分之一的时间用于科研人员的理论研究。

竺可桢经常直接指导年轻人的工作和学习，亲自参加他们的论文答辩会。由于方向明确、措施得力，长期从事野外考察工作的年轻科技人员迅速成长起来，科学素质不断提高。曾任中国科学院副院长的孙鸿烈院士，就是第一批竺可桢野外科学工作奖的获得者。

值得一提的还有裴丽生组织的资源调查工作。1957年，十二年科学发展远景规划已经制定出来并开始实施。按党组成员分工，裴丽生负责生物学和地学等方面的工作。

按行政领导分工，这部分工作由副院长竺可桢负责。裴丽生对竺可桢十分尊重，他虚心请教，积极配合，并大胆谋划，勇挑担子。两个人合作得非常和谐、有效。

1957年，裴丽生曾率领干部到内蒙古、宁夏、甘肃等地考察。我国沙漠总面积高达10多亿亩，其中大部分分布在西北地区。裴丽生看到建设中的包兰、兰新铁路都要穿过广阔的沙漠地带，铁路时刻面临被风沙掩埋的危险，同时沙区广大人民群众的生产与生活也时刻处在风沙的危害之下。裴丽生和竺可桢商定组建了青甘蒙宁沙漠考察队。

在裴丽生的大力支持下，治沙工作取得了数项可喜成果，宁夏沙坡头车站的草方格防沙试验和内蒙古磴口防沙试验取得了好成绩。

1958 年 10 月，受聂荣臻委派的裴丽生和由谭震林委派的李登瀛一起，在内蒙古呼和浩特召开了西北 6 个省区治沙工作会议，明确了治沙工作的方针、任务和应采取的措施，对 6 个省区治沙工作做了全面部署。

此后，科学院投入了更多的人力、物力，将沙漠考察队改为治沙队，设立了 7 个综合试验站，为我国沙漠研究和治理工作打下了良好的基础。

1959 年 2 月，在北京召开了综合考察会议，裴丽生做了题为"把综合考察工作提高一步"的重要讲话。讲话指出综合考察工作总的任务和要求应以经济建设为纲，也就是从自然资源调查开始，进行分类研究，最后提出资源开发利用的方案。

1958 年，裴丽生和专家到兰州审查批准了祁连山冰川考察计划，并将冰川考察队从青甘综合考察队中独立出来，定名为中国科学院高山冰雪利用研究队。这个决定对我国冰川学的建立起了奠基的作用。

中国科学院的综合资源考察工作为新中国的发展和长远进步提供了有力支持，新中国的社会主义建设在综合平衡中得到了发展。

寻找新的科研基地

1954 年，在中关村的农田里，中国科学院第一栋供科研使用的楼房建起来了。这栋楼房供近代物理研究所使用，这里成为新中国发展原子能科学事业的基地。

后来，在中关村又陆续建起了有关研究所的科研用楼，为新中国的科学城打下了初步基础。中关村成了中国科学院新的发展研究基地。

中国科学院确定在中关村建立新的发展基地，是经过了多方商讨、多次调查才最终定案的。在中关村方案之前，还有几个方案，但都没能成功。

中国科学院成立后，随着科学事业的迅速发展，旧有的研究条件已远远不能适应社会主义新的要求。

因为这个问题，郭沫若曾经多次主持院务会议，讨论研究基地的未来建设。当时在北京城内寻找发展基地已经是不可能了，未来的方向只有向城外发展。

1950 年 8 月 24 日，在中国科学院院务汇报会上，院领导曾经提出可能作为新院址的地方有 4 处：

一是圆明园附近；

二是西郊公园附近；

三是海淀镇以东，京绥铁路以西，华北农

业科学研究所北边的土地；

四是西郊公园以南，阜成门外法国教堂以

北土地。

院务会议决定由钱三强去清华大学请两位建筑专家，会同陆学善等到上述 4 处先行了解情况。

经钱三强等人的踏勘和比较，其他方案相继否定，中关村方案获得大家认同。后来，郭沫若又亲自偕同几位院领导前往中关村实地查看，并与各有关部门协商，最终确定了以中关村一带为新院址，中关村成为中国科学院的发展基地。

1951 年 2 月 3 日，中国科学院院长会议讨论了第一期基建计划，决定近代物理所、社会所等在中关村建楼，当年年底即开工。

1952 年 2 月，中国科学院院长会议又通过了《中国科学院建筑委员会暂行规程》，暂行规程指定吴有训副院长为建筑委员会主任，陶孟和、竺可桢为副主任，钱三强、曹日昌任秘书。

1954 年 5 月 27 日，吴有训主持了建筑委员会会议，会议讨论了永久院址中关村 1955 年至 1957 年的建设规划。

从此，中国科学院有了新的发展空间、新的研究基地。中国科学院在中关村开始了自己新的辉煌。

组织与各国科学界的交流

1964 年 8 月，世界科协北京中心邀请亚、非、拉美、大洋四大洲 44 个国家和地区的 367 位科学家到北京参加北京科学讨论会，李四光到会做了讲话。

中国科学院从 1950 年就开始了对外交流。

从此，中国科学院一步步打开了对外交往的新局面。

1950 年 7 月 11 日至 12 日，德意志民主共和国科学院成立 250 周年庆祝活动在柏林举行。近代物理所所长吴有训率团参加了这次庆祝活动。随同前往的有数学所筹委会副主任、清华大学教授华罗庚，近代物理所研究员王淦昌，办公厅副主任恽子强。

到场参加庆祝活动的各国科学家对远道而来的新中国科学家团队倍加关注。

团长吴有训在 7 月 11 日庆祝会开幕式上致辞，热情赞扬了德国科学的光辉历史。

他指出许多德国科学家的中国学生在中国国内科学和教育战线上担任着领导工作，同时祝愿中德科学交流更快地发展起来。讲话获得了热烈的掌声。

会议期间，中国代表团还受到民主德国总统的接见，并参加了其他许多活动，处处都受到了欢迎。

在德期间，中国科学家代表团参观了德意志民主共和国科学院的研究所和耶拿大学。

此后，吴有训和华罗庚作为中国科学家代表，参加了于 8 月 27 日至 9 月 3 日在布达佩斯举行的第一届匈牙利数学会议，9 月 24 日，中国科学家代表团回到北京。

这是中国科学院建院后首次向国外派遣科学家代表团。

这次对外交流活动是中国科学院最早的国际科学交流与合作活动，结交了当时社会主义阵营科学界的许多朋友，扩大了新中国科学事业的影响，为以后的交流打下了基础。

后来，吴有训曾多次带团出国，为中国科学院与其他各国科学家的联系作出了贡献。

回国后，吴有训在当时的华北大学礼堂做了题为"民主德国的科学文化概况"的归国报告，北京的科学界有 300 多人参加了会议。

1951 年 4 月，世界科学工作者协会第二次代表大会在巴黎、布拉格两地分别召开。

李四光被增选为世界科学工作者协会副主席。此时的国内外局势还不允许李四光出国活动，但李四光与世界科学工作者协会主席约里奥·居里，副主席贝尔纳、鲍威尔等都进行了书信往来。

1955 年 12 月，郭沫若率中国访日科学代表团访问了日本。这次访问长达 25 天。

这支科学代表团是我国派出的第一个正式代表团，

成员都是著名的科学家。当时中日还没有正式建立外交关系。

到达日本东京时，机场上第一次出现了五星红旗，中国科学代表团受到了热烈的欢迎。郭沫若在机场对记者说：

在目前的国际环境下，中日两国人民特别需要和平相处。

中国科学代表团到一些地方参观访问，并会见了日本国会议长、日本学术会议的会长以及许多新老朋友。

郭沫若还到日本市川、冈山、福冈旧地重游。

当人们得到郭沫若要访问须和田旧居的消息时，许多老邻居都来欢迎他。郭沫若到原来的邻居家里做客，用日语与老朋友叙旧，怀念在日本人民帮助下度过的艰难岁月。

郭沫若在 1937 年回国时，在日本遗留了一些自己用的资料，如书籍、殷墟出土的甲骨等，大约有 1500 件，全部捐献给了日本。

中国科学代表团访问期间，日本日中文化研究所特别前来当面向郭沫若表示感谢，并表达了要在日本建立"沫若文库"以保存这些资料的意向。

郭沫若不同意这样做，他说应该着眼于更大的范围。根据他的意见，日方建立了亚非图书馆，把他捐献的资料保存在该馆的中国室。

这次访问，在日本产生了很好的影响，宣传了新中国，介绍了中国科学院的工作，对加强中日人民友好及推进恢复中日邦交起到了积极的作用。

1956 年 4 月，世界科协十六届执行理事会和世界科协成立 10 周年扩大纪念会在北京举行，有 17 个国家的 30 多位科学家到会，李四光主持了这次会议。

1959 年 2 月 14 日至 5 月 11 日，吴有训率中国科学院代表团，访问了东欧一些国家的科学院、若干高校以及产业部门的研究组织。

代表团在访问期间，受到各国科学院和科学家的热情接待。

中国科学院代表团还与许多国家签订了合作协议。

与民主德国、保加利亚签订了中德、中保科学院 5 年科学合作协议和 1959 年执行计划。

与捷克、罗马尼亚分别签订了中捷、中罗科学院 3 年科学合作协议和 1959 年执行计划。

与波兰和匈牙利科学院在两国科学院原有合作协议的基础上，签订了 1959 年执行计划。

代表团还顺便访问了阿尔巴尼亚。

1960 年 7 月，中国科学院代表团一行 5 人应邀参加了英国皇家学会成立 300 周年庆典活动，带队的还是中国科学院副院长吴有训。

访英期间，吴有训广泛地会见了与会的各国科学家和许多过去留学英国的中国学生，向他们介绍了新中国的各种情况，扩大了中国科学界在国际上的影响。

众所周知，新中国成立之后，西方国家对中国采取了敌对的态度和全面封锁的办法，而吴有训率代表团对英国这样一个西方国家的访问，其意义已超出了单纯的科技交流。

1963 年 9 月，世界科协北京中心成立。

中国科学院的对外交流活动，为中国的科学事业打开了局面，同时也对中国的外交事业起到了带动作用。

建立中国科学技术大学

1958 年 9 月，全国各地的大学相继开学。9 月 20 日这天，北京西郊鞭炮齐鸣，一所崭新的大学——中国科学技术大学正式开学。

中国科学技术大学首届招生 1600 名。中国科学院院长郭沫若兼任校长，中国科学院副秘书长、党组成员郁文担任校党委书记。

国务院副总理聂荣臻、中国人民大学校长吴玉章、北京大学校长周培源等参加了开学典礼。聂荣臻在典礼大会上讲话，他说：

中国科学技术大学的诞生，是我国教育史和科学史上的重大事件。

1956 年，"十二年科学技术发展远景规划"制定出来之后，中国的科学技术事业蓬勃发展，而科技人才相对严重缺乏，从高等学校分配来的毕业生远远不能满足中科院的需要。

1958 年 5 月 9 日，根据社会主义建设的需要，中国科学院提出了要创建中国科学技术大学的意见。这个建议参照了苏联科学院新西伯利亚分院与新西伯利亚大学

所系结合的经验。在郭沫若的具体主持下，向聂荣臻和中宣部呈送了院办大学的请示报告。

1958年6月2日，中央书记处批准了这个请示报告。1958年6月8日，成立筹备委员会，郭沫若任主任委员。

从筹建到开学，只有短短的三个月时间，生源、校舍、师资、教学计划等都要尽快加以解决。

为了不耽误中国科学技术大学正式开学，郭沫若亲自出面联系校舍，并得到各方面的支持。他又亲自主持校务委员会的工作，聘请了一批科学家担任教学工作。

郭沫若还为学校做了校歌歌词，请来音乐家吕骥谱了曲。经过多方的努力，一所新型的大学很快诞生了。

中国科技大学的专业设置着重考虑中国急需的薄弱学科和空白学科，特别是原子能和空间科学技术有关的系别和专业。其中有些是国内首次设置的专业。

按照"全院办校，所系结合"的方针，郭沫若聘请了院内及各所的著名科学家吴有训、严济慈、华罗庚、钱学森、赵九章等30多人兼任基础课教师和校、系、教研室负责人。

中国科技大学的成立，是中国科学院根据当时的实际情况作出的建议，并得到了党中央的批准，中国科学院为中国的教育事业作出了不朽的贡献。

建立科学院图书馆

1958 年 9 月，中国科学院图书馆工作会议召开，会议正式确立了陶孟和提出的办馆思想。他的办馆思想主要包括两大方面。

第一，就是按社会主义建设需要办馆，他指出：

> 过去的老路有两条，代表着两种不同的图书馆类型，一种是藏书楼，是封建时代传下来的；另一种是所谓的新式图书馆，是从外国输入的。但这些老的路子都不能走了，必须开辟一条新的道路。这就是按着社会主义革命、社会主义建设的需要和要求来办图书馆。

第二，就是坚持以为人民服务的思想办馆。他曾经说：

> 开门办馆，是办好社会主义图书馆的方针，我们的图书馆要面向广大的科学技术人员、工农知识分子，使需要我们图书的人都能得到图书，而且是主动的供应。图书馆工作人员要以人民的勤务员自居，主动地、殷勤地、千方百

计为读者服务。

中国科学院的图书馆建设，早在建院伊始就在进行之中。陶孟和以馆长身份，积极推进图书馆的建设工作。

1950 年 4 月 28 日，中国科学院成立了图书管理处。

1951 年 2 月 3 日，改为图书馆，陶孟和副院长兼任馆长。图书馆是中国科学院全院管理、供应和对外交换图书的机构。

后来，中国科学院图书馆上海分馆、兰州分馆，以及 20 多个所的图书馆相继成立。

1956 年以后，许多新的科学研究机构纷纷成立，全院图书馆事业得到迅速发展。

全院图书馆分为三级，即院图书馆、分院图书馆和研究所图书馆。

其中，院图书馆是总馆。院图书馆对分院图书馆和研究所图书馆的关系是业务指导关系。研究所图书馆包括所、室、台、站、队、校等的图书馆。

在上海、兰州、武汉、成都分院图书馆和一些研究所图书馆的建设中，在制定图书馆的方针任务和规章制度方面，在搜集、交换、整理、供应书刊和培养图书馆干部方面，院图书馆做了许多工作，为建立全院图书馆系统奠定了坚实的基础。

陶孟和为了让图书馆更好地为科学家服务，1956 年 7 月 22 日，他在《人民日报》发表了文章，题目是《图书馆要为科学家服务》。他指出：

> 党和政府向科学大进军的号召，进一步加重了图书馆为科学工作者服务的任务。图书馆欢迎这个光荣的任务，应该用一切力量准备充分的科学文献资料，足以随时供应科学工作者的需要。
>
> 目前重要的世界各国过去出版的科学典籍、期刊尽可能收购齐全，以供应用。
>
> 由于今日科学的不断进步，由于我们要争取赶上国际先进科学水平，科学工作者尤其需要现在发行的科学书刊，就是今日正在陆续出版的图书杂志。

为了收购全部过去和现行的科学书刊，陶孟和提出：

> 应该向两个方面发展。
>
> 一方面是全国应该成立两个或三个综合性的科学图书中心，尽可能地将各种科学的书刊收购齐全。
>
> 另一方面是发展专业图书馆。专业图书馆专收专业范围以内的书刊，选择精，取舍严，因之它的收藏对于一定的科学工作者最为便利，最为有用。

全国有两三个科学图书馆中心和散在各地的各研究机构、专门学院、专业部门、生产部门等的专业图书馆结合起来，通力合作，有无相通，就可形成一个供应科学文献的大图书馆网。这个大图书馆网对我国科学研究工作，一定可以起巨大的作用。

另外，陶孟和还亲自过问和指导国际书刊交换工作。其目的在于宣传我国科学技术的成就和大量引进国外的科技信息。

为了充分发挥图书馆的作用，根据陶孟和的指示，院图书馆编制了《新书公告》《期刊索引》《期刊总目》等，受到科学研究人员的热烈欢迎。

院图书馆建馆初期，藏书不多，工作重点放在为各所补充图书上。

由于研究工作需要，从 1956 年开始扩充阅览室，1957 年增设了专利文献阅览室和缩摄资料阅览室。1958年 5 月，图书馆设立西郊服务站。

1959 年 10 月中关村书库落成，自然科学服务部正式成立，将城内的自然科学书刊全部迁入，准备让中关村各研究所科研人员使用，这使书刊使用率大大提高，当年的借书量就达到了 1956 年全年借书量的五倍。

1956 年，陶孟和呼吁："为了广泛地供应各方面对科学文献资料的需要，为了使每个图书馆都能有设备充分的复照工具，包括照相机、显微影片复制机等，随时做出复制拷贝，以应需要。"

到 1959 年，他更进一步指出图书馆必须向机械化、自动化方面前进。他说：

> 图书馆工作和情报工作在今天都是管理盈千累万的文献的工作，由于文献的日益增多，手工作业已经逐渐不能适应需要，因此就必须向机械化、自动化这方面前进。我们期待着科技工作者对于文献的阅读、搜寻乃至翻译诸方面的机械化、自动化，多给我们指教和帮助。例如关于显微片镜头的设计和制造，穿孔卡片的搜索机，自动翻译的电子计算机等，都是我们应该及早赶上国外的进展的。

对于这一观点，大家都感到陶孟和很有远见。

陶孟和为中国科学院的图书馆工作付出了很多心血，在他的领导下，中国科学院的图书馆事业得到了蓬勃发展。

独立发展中国核科学技术

1964 年 10 月 16 日 15 时，在我国西部地区新疆罗布泊，中国第一次将原子核裂变的巨大火球和蘑菇云升上了戈壁荒漠，中国第一颗原子弹爆炸成功了。

中国人终于迈进了原子核时代。

吴有训当天 20 时从中央人民广播电台的新闻节目中得知这一消息，兴奋之余，心中还有一星半点的苦涩与遗憾。

吴有训的恩师康普顿教授曾是美国核武器研制计划中的高级顾问，他的众多学生参与了中国核武器的研制工作，而他本人对中国原子弹的研制工作却知之甚少。失落之感，恐怕只有他自己才知道。

但吴有训很快就释然了，毕竟这是由自己所教出的学生们为国家作出的重大贡献。这些学生的名单可以拉出一长串来：钱三强、郭永怀、王淦昌、彭桓武、何泽慧、王大珩、朱光亚、邓稼先、梅镇岳、郑林生、金星南、胡宁等，他们都参与了研制工作，学生们圆了老师的强国梦。

在陪同国家领导人一起接见参加研制第一颗原子弹的科技人员时，周恩来特地请吴有训讲话。吴有训望着一张张熟悉的面孔，竟脱口而出说道："同学们！"但他马上意识到这样称呼不合时宜，赶紧改口为"同志们"，而下面的"同学们"此时已然发出了轻微的哄笑声。

周恩来见状立刻明白了其中的奥妙，他连忙在一旁说：

> 吴先生，你不必改口，还是称呼"同学们"更好，这里只有你有资格使用这个称呼，这是你的特权！

在中国制造原子弹方面，中国科学院作出了巨大的贡献，特别是钱三强，为制造原子弹梦想的实现付出了常人难以想象的艰苦努力。

钱三强自从 20 世纪 30 年代与原子核科学"结缘"，他梦寐以求的就是发展中国自己的原子核科学事业。

1948 年，钱三强回国后，牢记老师约里奥·居里"要反对原子武器，必须要掌握它"的告诫，为实现这个愿望奔走呼号，身体力行。

1948 年 9 月，在钱三强的呼吁下，北平研究院决定组建原子学研究所，钱三强受聘兼任所长，全所只有他和何泽慧等 4 个人，最基本的仪器设备都没有，一年的科研经费只够买 10 多只真空管。面对现实的中国，钱三强踌躇、苦闷。

几个月后，中国人民解放军开进北京城。不久，钱三强得知中央要派遣自己陪同郭沫若团长出席在巴黎召开的世界人民保卫和平大会。钱三强积极向组织提出建议，要求支用一笔经费出国购买急需的仪器设备和图书资料。

在周恩来亲自过问下，钱三强的这一要求迅速获得批准。在当时异常困难的境况下，中央仍然批准了数以万计的美元交给钱三强办理购买科学仪器设备。钱三强向新中国领导人提出的第一个建议就被采纳，他百感交集，对新中国的科学事业充满了信心。

1950 年 5 月，中国科学院组建了以研究原子核科学为主的近代物理所，1953 年改名为物理研究所，1958 年又改名为原子能研究所。钱三强先任副所长，吴有训任所长，1951 年起钱三强开始任所长。

钱三强深知核科学事业不是一个人所能实现的，在建立近代物理所时，他就广罗人才，特别是在科学技术上卓有成就的带头人。

钱三强求贤若渴，在 1949 年底，他亲自到清华园拜访了彭桓武教授，同时致信浙江大学王淦昌教授，诚邀他们到近代物理所工作。

彭桓武、王淦昌先后于 1950 年 2 月和 4 月来到了筹建中的近代物理所。后经钱三强建议，两位都从 1951 年起担任副所长。自此，他们三人团结奋斗，艰苦创业，成为新中国原子核科学大军中具有凝聚力的核心。

钱三强深知原子武器的巨大杀伤力，特别是 1952 年他作为联络员，陪同国际科学委员会在我国东北和朝鲜战争现场调查并发现了美国发动细菌战的事实，亲身感受到了战争贩子疯狂时会无所不用其极。

因此，他一方面利用各种机会发表演讲，撰写文章，同正义的科学家一起呼吁全世界人民行动起来，坚决反对使用原子武器；另一方面他始终不忘老师约里奥·居里的告诫，利用各种机会向国家领导人建议开展原子核的科学研究，盼望着新中国的原子能事业迅速发展起来，使新中国变得强大起来。

1955年中央作出最高决策：大力发展原子能事业。钱三强为最高决策积极献计，更为实现最高决策努力拼搏。

1955年1月14日，钱三强被召集到周恩来的住处中南海西花厅，应邀前来的还有地质部部长、中国科学院副院长李四光等。周恩来听取了铀矿勘探情况和原子核科学研究情况的汇报后，告诉钱三强、李四光，毛主席还要听这方面的汇报，要做必要准备。

周恩来当晚给毛泽东写了一封亲笔信：

主席：

今日下午已约李四光、钱三强两位谈过，一波、刘杰两同志参加。时间谈得较长，李四光因治牙痛先走，故今晚不可能续谈。现将有关文件送上请先阅。最好能在明15日15时后约李四光、钱三强一谈，除书记处外，彭（即彭真）、彭（即彭德怀）、邓（即邓小平）、富春、一波、刘杰均可参加。

15时前，李四光午睡。晚间，李四光身体支持不了。请主席明日起床后通知我，我可先一小时来汇报今日所谈，以便节省一些时间。

明日下午谈时，他们可带仪器来，便于说明。

周恩来

1. 14 晚

1955年1月15日，钱三强、李四光按时来到中南海丰泽园。

毛泽东亲自主持召开了中央书记处扩大会议，主题是研究发展我国原子能事业。

李四光先做了关于我国铀矿资源情况的汇报。接着，钱三强汇报了反应堆、原子弹原理以及各主要国家研究、发展状况和我国近几年的准备工作情况，并用简单仪器做了现场表演。

最后，毛主席郑重讲话：

我们国家大，现在已经知道有铀矿，进一步勘探一定会找出更多的铀矿来。解放以来我们也训练了一些人，科学研究也有了一定的基础，创造了一定条件。过去几年其他事情很多，还来不及抓这件事。这件事总是要抓的，现在到时候了，该抓了。我们有资源、有人，只要排上日程，认真抓一下，一定可以搞起来……现在苏联对我们援助，我们一定要搞好。我们自己干，也一定能干好，我们只要有人，又有资源，什么奇迹都可以创造出来！

为了奇迹的出现，钱三强马不停蹄地朝着目标前进。

几天后，他主持物理所所务会议，讨论调整了1955年科研计划，确定了工作方针：

以加速器装置、铀的制备和原子核试验用各种探测器，包括电子学线路的研究为重点。

1955年1月下旬，遵照周恩来"让大家知道原子能应用"的指示，中国科学院组成了"原子能知识普及讲座委员会"。

1955年2月4日，钱三强以"原子能通俗讲话"为题在北京做了首场讲演。

1955年4月2日，钱三强和刘杰、赵忠尧组成中国政府代表团，赴苏联签订了《关于苏维埃社会主义共和国联盟援助中华人民共和国发展原子能核物理事业及为国民经济需要利用原子能的协定》。后来，钱三强又和刘杰共同写成《发展中国原子能事业的几点意见》，上报给党中央。

1955年5月，为解决急需的专门人才，钱三强代表中国科学院特别邀请朱光亚、胡济民、虞福春等在物理所成立了一个培养原子能科学技术人才的机构——近代物理研究室。从第二年 3 月开始，从全国重点大学选拔了一批高年级学生，进行原子能专业培训。

同时，经国务院批准，钱三强与蒋南翔共同负责，在苏联和东欧的中国留学生中挑选与核专业相近的 100 余名学生，改学原子核科学和核工程技术专业。

1955 年 9 月，钱三强和刘杰、吴际霖等调研美、英、法情况，结合中国国情，他们共同起草了《关于我国制订原子能事业计划的一些意见》，1955 年 12 月修订成《关于 1956～1957 年发展原子能事业计划大纲（草案）》。

1955 年 10 月 19 日，钱三强率领"热工实习团"赴苏联考察，并参加重水反应堆和回旋加速器的设计审查。

钱三强充分利用我国参加杜布纳联合原子核研究所合作研究的机会，有计划地从物理研究所和其他有关单位先后选派科学家和青年 130 余人赴苏联参加工作，培训人才。

1958 年，在以钱三强为代表的科学家们的努力下，我国第一个重水型反应堆和第一台回旋加速器在他领导的研究所先后建成，近 50 台重要仪器设备也相继建成运行。

随之，原子物理、中子物理、堆物理等不同领域的研究工作都先后开展起来。从此，新中国第一个综合性的核科学技术基地名副其实地建成了。

1959 年 6 月，苏联单方面毁约，撤走专家，带走图纸，停止供应一切设备，包括原子弹教学模型。

中国的原子能事业进入全面自力更生的阶段。

为了适应新形势的需要，中国科学院党组决定全力以赴支持原子能发展，要人出人，要物给物，调动全院20多个研究所的精锐力量直接为原子能工作服务，为"两弹"研制努力奋斗。

在这些工作中，钱三强更是一马当先，身体力行。他把原子能所最优秀的一批理论和实验物理学家，如王淦昌、彭桓武、朱光亚、邓稼先、于敏、陈能宽等，推荐到核武器研制的重要岗位。同时，他利用原子能所的现有条件，直接为二机部系统培训了1706名有关专业技术人员。

钱三强很清楚，中国原子能事业面临道道难关，一道受阻就可能全线败退。他在科学院党组和张劲夫同志的全力支持下，放心大胆地把最艰巨的任务留在科学院，并和裴丽生、秦力生、谷羽等一起，亲自组织力量攻克难关，保证"两弹"研制任务顺利完成。

1956年11月16日，第一届全国人民代表大会常务委员会第五十一次会议通过决议，设立第三机械工业部，第二年2月起改名为第二机械工业部，时任中国科学院副秘书长兼物理所所长的钱三强被任命为副部长，宋任穷任部长。

经中国科学院、第二机械工业部党组联席会议决定，物理所由院和部实行双重领导。这实际上是科学院把原子能所所长钱三强和原子能所整体划给了二机部。

钱三强从此成为院与部合作的纽带和桥梁。

原子能所"出嫁不离家"，钱三强经常找张劲夫要人。先是点名要科学院搞原子能的两个杨：一个杨承宗，从法国留学回来的；一个杨澄中，从英国留学回来的。

后来把放射化学家杨承宗等一批科学家调到了二机部。搞核物理的杨澄中则留在科学院兰州近代物理研究所，配合原子能所的工作。

钱三强又要求调邓稼先，邓稼先当时在数理化学部担任学术秘书。

张劲夫说："可以。我已经给宋任穷部长说了，邓稼先去了，我们为数理化学部另外找学术秘书。对稼先来说做学术秘书也没有充分发挥其所长。"

后来，邓稼先在研制原子弹和氢弹的关键岗位上起了重要作用。

二机部要成立"九院"搞设计，要电子显微镜方面的人才。当时，科学院中搞电子显微镜的只有李林。钱三强又提出要调李林，张劲夫也答应了。

二机部缺少搞核燃料的力量，按钱三强提出的要求，科学院沈阳金属所的副所长张沛霖带着一个研究室过去了，任务是把铀做成反应堆元件。

后来钱三强又要搞快速摄影的，科学院决定由长春光机所副所长龚祖同带一批科技人员到西安建立西安光机分所，主要为二机部服务。

这些科学家先后对原子弹和氢弹的研制起了很重要的作用。

据张劲夫回忆，钱三强提出的要求，不管是输送人才，还是委托研制任务，科学院几乎是全部答应的。

张劲夫还请裴丽生副院长与钱三强一起，一个所一个所、一项任务一项任务地安排计划，检查落实，保证了科学院承担配合原子弹研制任务的圆满完成。

当时，中国科学家要想自己搞原子弹，需要克服的最大、最紧迫的关键技术问题有三个：

> 一是氟油；
>
> 二是"真空阀门"；
>
> 三是高能炸药。

这些问题全都由科学院组织有关研究所的力量，一个一个地解决了。

钱三强很有感慨地说："科学院在最需要时，做了最救急的工作。"

关于"全氟油"的提炼，还有一段故事。

"全氟油"是分离铀同位素机组抗腐蚀耐辐射的润滑油。苏联专家在时，把这种材料放在保险柜里，用时拿出来，用后锁起。苏联专家撤走后，只留下了几个空盒，里边有一点残留物。

副院长裴丽生请上海有机化学所党委书记边伯明组

织人员加以分析，看它是什么东西。经过分析，确认残留物是"全氟油"，随后即组织专门研制组，成功地试制出了样品。

除了前面这些，钱三强最感谢的就是中国科学院研制出的计算机，对二机部帮助很大。二机部九院是搞设计的，计算量很大，没有这个计算机，几年也算不出来。计算所研制的 109 丙机服役 15 年之后，被国防科委领导誉为"功勋计算机"。

1961 年 7 月，裴丽生与钱三强带领工作组到沈阳、长春、哈尔滨中国科学院所属各研究所，落实"科学十四条"和聂荣臻关于"拧成一股绳，共同完成任务"的指示。

1961 年 9 月，裴丽生、钱三强又先后到长沙、上海、西安科学院所属各研究所进一步贯彻"科学十四条"精神和聂荣臻关于"拧成一股绳"的指示。

1963 年初，中央专委下达了在我国进行首次核爆炸试验的任务。

中央专委要求科学院承担光热辐射和多种力学参数的测试任务，必须提出测量方案并研制、提供所需的测量仪器等。

时间十分紧迫，裴丽生立即部署各有关研究所组成二十一号任务的核心小组，尽快组织讨论技术方案，并着手组建实验室。

科技人员和工人经过一年多的日夜奋战，克服了重重困难，终于按时完成任务，保证了 10 月 16 日我国首次核爆炸测试任务的圆满完成。

后来，我国很快又把氢弹送上了天空。

在中国科学院科学家的不断努力和中国科学院的全力配合下，我国的核科学飞速发展，成为我国社会主义建设时期的最重大成果之一。

培育发展"五朵金花"

1965 年底，中国炼油工业实现了真正的工业化，使 10 年规划原定在 1972 年完成的任务大大提前了，使中国本来十分落后的炼油工业技术很快接近了当时的世界水平。这巨大的功劳主要来自"五朵金花"。

1965 年底，我国炼油年加工能力达 1423 万吨，石油产品品种达到 494 种，汽油、煤油、柴油、润滑油等四大类产品产量达到 617 万吨，自给率达到 100%。这还是"五朵金花"的功劳。

从此，中国人民结束了使用"洋油"的历史。

"五朵金花"均在 20 世纪 60 年代被列为国家级成果，并于 1978 年获得全国科学大会奖。

关于"五朵金花"的巨大成功，我们要从 1950 年回国的科学家侯祥麟谈起。

1950 年 4 月，在美国工作的侯祥麟毅然舍弃了国外优越的科研工作条件，谢绝了上司好心的挽留，经组织同意，离美回国。

这是新中国的召唤，新中国为无数科学家实现梦想提供了现实的机会。

38 岁的侯祥麟站在船头的甲板上，看着广阔的海面，感慨万千。前面不远就是中国的青岛了，想到就要踏上祖国的土地，施展抱负，侯祥麟热血沸腾，感觉到前途从未有过的光明。

20 世纪 50 年代前期，共和国的科学事业曙光初现，欣欣向荣。许多海外归来的专家学者深切感受到春风的吹拂，细雨的滋润。他们一个个都感到前所未有的精力充沛，因为这些曾在科学的崎岖道路上艰难攀登的精英，现在面对的是施展抱负、创新发明的广阔天地。

刚刚回国的侯祥麟被聘到清华大学化工系任教授。1952 年 7 月，侯祥麟被调往中国科学院大连石油工业研究所。

在此期间，侯祥麟主持了多项研究。在催化重整开题时，从国外回来的肖光琰博士主张用铂作为催化剂配方的关键材料，但遇到不同意见，研究进展受阻。

侯祥麟从工艺实际要求出发，支持肖光琰的意见，使这项研究很快取得进展。这些工作为 20 世纪 60 年代被称为"五朵金花"炼油新技术的开发成功打下了基础。

1954 年 3 月，侯祥麟被调到石油管理总局炼油处任主任工程师。1957 年 9 月至 11 月，侯祥麟随郭沫若院长率领的中国科学院代表团访问苏联。访问期间他考察了全苏石油炼制研究所等石油科研机构，为建设和管理我国的石油科研机构提供了宝贵的参考和借鉴经验。

1958 年 10 月，国务院批准成立石油工业部石油科学研究院，这就是后来的石油化工科学研究院和石油勘探开发科学研究院。侯祥麟被任命为该院的副院长，主管石油炼制及军用油品的科研工作。

自20世纪50年代后期，侯祥麟把主要精力放在两个方面的攻关上，其中之一就是"五朵金花"炼油新技术的开发。

20世纪50年代，中国军用和民航所用航空煤油即喷气燃料一直靠进口。当时石油部曾组织试产这种油料，但在地面试验和空中试飞时均出现喷气发动机火焰筒严重烧蚀问题。

后来中苏关系恶化，航空煤油进口日渐减少，中国军用、民用飞机均面临飞不起来的危急局面。当时石油部部长曾沉重地说：

搞不出航空煤油来，我们过天安门都得低着头啊！

他又对侯祥麟说：

你们再解决不了这个问题，我就把你们研究院的牌子倒过来挂！

在这种紧迫形势下，侯祥麟组织起6个研究室的力量，亲自带领科研人员日夜苦干。侯祥麟夫人李秀珍也是攻关试验组的负责人，在1960年除夕夜里，夫妻俩把两个小女儿锁在家里一起到实验室里鏖战。

无数次的挫折和失败，无数次的总结、探索、分析、对比，他们终于找到了镍铬火焰筒烧蚀的原因，并由他和副总工程师林风等一起研究出了一种从根本上解决这一难题的添加剂配方。

1961年，我国生产出了合格的航空煤油，1962年正式供应中国民航和空军部队。

1959年，为了配合中国原子弹、导弹和新型喷气飞机的研制，副院长侯祥麟亲自领导进行攻关研制，圆满地完成了自己的任务。

1962年1月，石油部成立炼油新技术开发核心领导小组，负责规划和组织领导炼油新技术研究开发及攻关工作。在编制国家科委十年科技发展长远规划时，侯祥麟负责制订了《1963～1972年国家炼油科技发展规划》。该"规划"提出：

> 在学习、吸收国外先进炼油技术基础上，依靠国内技术力量，尽快掌握流化催化裂化、催化重整、延迟焦化、尿素脱蜡，以及有关的催化剂和添加剂等5个方面的工艺技术，即著名的"五朵金花"。

"五朵金花"的提法是从哪里来的呢？

1962年10月，在北京香山，石油部召开了炼油科研工作会议。侯祥麟参加了这次会议。这次会议确定了石油部要集中各方面的技术力量，独立自主地开发炼油新工艺、新技术。其中主要是：流化催化裂化、催化重整、延迟焦化、尿素脱蜡，以及有关的催化剂和添加剂等五个方面的工艺技术。

当时大家刚看完电影《五朵金花》，那部影片讲述的是五位美丽的、都叫金花的白族姑娘的爱情故事。于是在会上大家就把要开发的这五项新技术，叫作炼油工业的"五朵金花"。

从此，"五朵金花"在我国炼油行业叫响了。后来"金花"逐渐延伸，成为石油化工业内重大新技术的一个代名词。

"五朵金花"之一的催化重整工艺在石化工业中有着举足轻重的作用。但这项工艺需要金属铂，而铂比金子还贵重，中国无铂，全靠进口。

一些人认为搞这项技术不符合国情，侯祥麟从工艺实际要求出发，力排众议，支持用铂作为催化剂配方材料，使我国催化重整技术获得了突破性发展。

在培育"五朵金花"的日子里，侯祥麟在研究院、实验室、炼油厂之间奔波着，功夫不负有心人，"五朵金花"终于结出了丰硕的成果。

发展卫星与火箭技术

1970 年 4 月 24 日，春光明媚，是温暖而又美丽的一天。就在这一天，我国第一颗人造卫星"东方红 1 号"从酒泉卫星发射中心升上了太空。

"东方红 1 号"在太空昼夜不停地向全球播放《东方红》乐曲和遥测信号，向全世界宣布中国已进入宇宙空间。

在建议我们中国也要搞人造卫星的人中，最积极的是地球物理所所长赵九章。

张劲夫把科学家的意见反映到了武昌会议上，中央书记处开会研究，同意科学院搞人造地球卫星。为了尽快让中国的人造卫星上天，中共中央拨出了两个亿，专门供科学院来研究人造地球卫星。

当时中国科学院为了搞人造卫星，专门成立了 581 组，还分别以力学所、自动化所、地球物理所为基础成立了三个设计院。

当时打算发射一颗科学试验卫星，设想"苦战三年，实现上天"。

邓小平、陈云对张劲夫说："卫星还要搞，但是要推后一点，因为国家经济困难。"因此中国科学院采取了积极的调整方针，着重打基础、练兵。

为此，除研究试制运载火箭及各种高空气象探测仪器、地面接收系统外，还在安徽广德县的无人山谷中建立了探空火箭试验场。

1960 年 7 月和 9 月，在试验场做过若干批次火箭发射试验，裴丽生曾亲赴现场视察。

1961 年 6 月 3 日，星际航行第一次座谈会由钱学森做了题为《今天苏联及美国星际航行中的火箭动力及其展望》的中心发言。第二次座谈会由赵九章讲了《卫星的科学探测和气象火箭测量》。每次中心发言后，裴丽生就让科学家各抒己见，畅所欲言。

科学家们还就发射卫星是用二级还是用三级火箭进行过热烈的讨论。后来又相继报告和讨论了卫星的通讯和测控、卫星本体温度控制等各种问题。座谈会延续了三年，一共举办了 12 次，提出了许多有益的设想和建议，这不仅活跃了学术思想，还为后来的卫星上天提供了技术储备。

1964 年，张劲夫到科仪厂，即后来的卫星总装厂蹲点，明确提出了"两化、三出"的要求。"两化"，即革命化，现代化；"三出"，即出成果、出人才、出产品。产品就是卫星和科学仪器。

张劲夫后来回忆说：

实践说明，1958 年提出要在 1960 年发射是一种热情的想法，过于乐观了，实际上还存在许多困难。能不能把卫星发射上天，首先，要看运载工具能不能把它送上去。我们1960年才发射成功一颗近距离的火箭，而放卫星还需要大推力的火箭。第二，卫星本身也遇到一些困难。主要是因为太空是近于真空的，需要在地面建立巨大的设备，模拟太空环境，工作量很大。送到卫星上的实验生物，如小白鼠、小狗，要在地面真空环境下实验失重等问题。这种特殊实验设备需要科学院设计，请产业部门工厂加工制造出来，这都需要时间。再就是卫星在太空飞行，对着太阳的一面，温度是零上几百度，背着太阳的一面是零下几百度。卫星本身需要有调控高温和低温的措施，才能保持自身的温度平衡。

1964年，我国中程导弹发射成功。同年12月，赵九章上书周恩来总理，认为抓卫星工作的时机已经成熟，建议中央采取措施，争取在中华人民共和国成立20周年时发射卫星上天。周恩来批示说要科学院拿出方案。

1965年5月6日，中央专委第十二次会议决定将人造地球卫星列入国家计划，并确定中国科学院为卫星发射技术研究单位和卫星本体研制单位。中央专委还责成国防科委组织协调，由中国科学院在10月份向专委提出具体安排报告。

中国科学院党组立即行动，在张劲夫统一领导下，由裴丽生负责具体组织工作。他召集地球物理、力学、自动化、数学、电子学、计算技术等研究所参加会议。经过认真深入的讨论，于1965年7月1日向中央专委呈送了《中国科学院关于发展我国人造卫星工作的规划方案建议》。

《中国科学院关于发展我国人造卫星工作的规划方案建议》具体阐述了发射人造卫星在政治、国防和科学技术方面的目的和意义，建议我国10年内着重发展以军用卫星为主的应用卫星系列，结合进行空间科学探测。军用卫星中又以侦察卫星为主，其次是气象卫星、导弹预警卫星、通信卫星、生物卫星和载人飞船。

《中国科学院关于发展我国人造卫星工作的规划方案建议》还提出请国防科委设立专门机构，加强领导和组织协调，在中国科学院设立一个卫星设计院，在国内建立必要的地面观测网，并在今后有条件时，在海外设立观测站等重要建议。中央专委第十三次会议讨论了这个报告，并原则批准了有关建议。

1965年8月17日，裴丽生主持召开中国科学院落实中央专委第十三次会议批示的会议，决定在组织领导方面，院内先成立三个机构：以谷羽为组长，杨刚毅、赵九章为副组长的卫星工作领导小组；以赵九章为组长，郭永怀、王大珩、杨嘉墀为副组长的总体设计组；还有以陆绶观为主任的办公室。

为了发射人造卫星，中国科学院落实中央专委第十三次会议批示的会议还要求中国科学院成立了六五一设计院，即卫星设计院，院长是赵九章，副院长是钱骥。科学院还用大量外汇武装了科学仪器厂，也就是卫星总装厂。

中国科学院落实中央专委第十三次会议批示的会议还要求总体设计组和办公室在 9 月 15 日以前完成以下工作：

> 提交领导小组研究后向院党委汇报。草拟第一颗人造卫星总体设计方案。提出院内、院外各有关单位分工协作方案。提出第一颗卫星发射及今后一系列卫星研制所需的组织措施和条件保证。草拟卫星设计院的组织方案等。

1965 年 8 月 25 日，中国科学院党委将 3 个小组成立后的工作情况向国防科委罗舜初、张震寰副主任做了汇报。

国防科委提出要适时召开有军民各有关部门参加的第一颗卫星方案论证会，以便集思广益，把方案确定下来，进入实际研制阶段。国防科委委托中国科学院组织并主持这次会议，中国科学院党委决定会议由裴丽生负责组织和主持。

研制人造地球卫星在中国是首创，没有前人经验可以借鉴，它所涉及的行业和技术极其广泛和复杂。为了开好这次会议，裴丽生在院党委的统一领导和国防科委等主管部门的支持下，充分发挥科学家和各研究所科技骨干的积极性，组织力量及时做好会议的准备工作。

裴丽生在组织领导人造地球卫星的研制和规划工作中，经常抽时间到科研第一线同科技人员交谈，了解情况，征求意见。这就丰富了他对卫星这件新鲜事物的认识，取得了对一系列技术和组织问题的发言权，提高了决策的科学性和及时性。

在发射第一颗卫星的技术方案中，最基本的要求之一是"抓得住"，即卫星上天后，地面台站能非常有把握地进行跟踪，并及时地、精确地测量其运行轨道，向全世界发布消息。

当时最好的手段是大型高精度跟踪雷达，但四机部的研制进度没有把握。另一个办法是无线电干涉仪，但其可行性也没有充分把握。地球物理所二部组织电离层研究室的周炜在"和平1号"地球物理火箭探测工作的基础上，同时参考美国的文献报道，提出了一个设备简单轻便、研制生产周期短、搜索目标容易、造价便宜的多普勒测速系统方案。

这是一个大胆的创新方案，一开始并不完善。但是如果能解决卫星入轨时的轨道数据计算问题，就可成为一个独立的卫星定轨系统，为整个卫星发射任务解决一个关键问题。为此，裴丽生对周炜的研究室做了深入细致的调查研究。他亲自到每个实验室查看，仔细询问一些设备和仪器的技术细节，还利用星期日到河北廊坊的电离层探测站做了进一步考察。

第一颗卫星方案论证大会从1965年10月20日开始，由于内容庞杂，问题繁多，直到1965年11月30日才告结束，历时42天。

会议基本完成了预期的要求，论证了第一颗人造卫星的技术方案、进度计划和条件保证，部分同志还研究了分工协作和技术管理办法。1965年11月30日，裴丽生做了大会总结报告。

第一颗卫星总体方案论证会后，在赵九章所长的主持下，组织六五一设计院、数学所、紫金山天文台和计算所的人员进行了大量验证计算工作，为多普勒测速仪独立测轨提供了确切可靠的依据。

4年后，我国自行研制的人造卫星终于进入太空，向世界宣布了我国人造卫星事业的成功。

本书主要参考资料

《国史全鉴》本书编委会编 团结出版社

《共和国五十年珍贵档案》中央档案馆编 中国档案
　　出版社

《中国现代史资料选辑》彭明主编 中国人民大学出
　　版社

《1949 大开国》凌志著 广西人民出版社

《开国部长》文辉抗 叶健君编著 湖南人民出版社

《竺可桢的故事》张汉卿著 时代文艺出版社

《李四光的故事》杨世铎 房树民 郑延慧著 中国少
　　年儿童出版社

《李四光的故事》李晓琳 唐名刚著 时代文艺出版社

《向科学进军——一段不能忘怀的历史》路甬祥主编
　　科学出版社

《李四光——中外名人传记故事丛书》夜膺著 中国
　　和平出版社